Peitsche, Sporen und Kandare

Winfried Gierse

Winfried Gierse

Peitsche, Sporen und Kandare

Das Pferd, ein oft geplagtes Wesen

© 2000 Winfried Gierse, Meschede
Layout, Satz, Umschlaggestaltung:
Konzept · Art · Text Peter Wolff, Düsseldorf
Herstellung: Libri Books on Demand
ISBN: 3-8311-0856-0

Inhalt

Vorwort

Dies Buch ist weder eine Geschichte noch eine Rassenkunde des Pferdes, oder ein Ratgeber über Aufzucht, Haltung oder die Reitkunst. Auch kein Pferderoman.

Vielmehr soll nach einer kurzen Beschreibung des Urpferdes und des Wildpferdes, wobei bei Letzterem vor allem die gnadenlose Jagd des Eiszeitmenschen auf die Beute Pferd beschrieben wird, besonders die Unterwerfung, Zähmung und der vielseitige Gebrauch des domestizierten Hauspferdes behandelt werden.

Eine Zähmung, die oft in Misshandlung und Quälerei ausartete. Früher und auch noch heute wendet man quälerische Mittel und Methoden an, um sich das Pferd völlig gefügig zu machen.

Das schlimme Los vieler Pferde in vergangenen Zeiten wird geschildert:

In den Großstädten als Zugtiere für Pferdebahnen, Pferdebusse, Fuhrwerke, Kutschen etc. Treidelpferde, Göpelpferde und das bis 1972 (England) tätige Grubenpferd kommen zur Sprache.

Einen größeren Raum nimmt das Kapitel „Postpferde" ein mit mehreren authentischen Schilderungen aus der Postkutschenzeit, in der, wie der Leser erfahren wird, die meisten Postpferde ein hartes Los hatten.

Auch die Bauernpferde, die bis in die fünfziger Jahre des 20. Jahrhunderts die Landwirtschaft mitbestimmten, hatten es nicht immer leicht, wie einige selbst erlebte Episoden aus dem Sauerland zu berichten wissen.

Einige Ausschnitte aus der Literatur ergänzen das Thema „Zugpferde", das mit einem Kapitel über eine enorme Anhänglichkeit und Treue zwischen zwei Gespannpferden endet.

Das Kapitel „Reitpferde" umfasst 17 Beispiele aus der internationalen Literatur, die fast alle den Missbrauch des Tieres beim Reiten schildern.

Das Pferd als Lastenträger, berühmte Reitpferde in der Geschichte sowie eine ausführliche Schilderung über das bedauernswerte Pferd in der Stierkampfarena beschließen das Thema „Reitpferde".

Ein großes Kapitel über die gnadenlose Ausnutzung des Pferdes ist dem Thema „Das Pferd im Krieg" gewidmet. Nach einem kurzen Ausflug in die Antike, das Mittelalter und die neuere Zeit, wird vor allem über das harte Los der Pferde im Zweiten Weltkrieg berichtet. Fast drei Millionen Pferde aus Deutschland zogen 1939 in den Krieg. Zuerst werden die großen Pferdetragödien im Russlandfeldzug (Winter, Lagadosee und auf der Krim) geschildert, dann folgen 24 längere und kürzere Beiträge über Einzelschicksale von Kriegspferden, die von Landsern stammen, die mit den Tieren umgehen und sie betreuen mussten. Einige dieser Titel: Ein winziger Granatsplitter; Tod eines Schimmels; Sandkoliken; Knöchelbruch; Augen, die anklagen; Strapazen bis zum Tod; Bauchschuss; Im Schlamm; Die Stute Gretel; Schicksal der Trakehner.

Am Schluss wird der Versuch unternommen, herauszufinden, was die Ursachen der Gewalttätigkeit gegen Pferde sind, denn das Pferd ist auch ohne Gewalt ein williges Tier, das normalerweise den Menschen als Freund sucht.

Wie das möglich ist, beweisen die Araber bei der Zucht und Behandlung der gleichnamigen Pferderasse.

Da Esel und Maultier auch zu den Equiden gehören und ebenfalls von jeher unterdrückte und geplagte Wesen sind, wird auch von diesen Tieren, zuerst allgemein, dann in elf kurzen Episoden aus bunt gemischter Literatur berichtet.

Ein Buch über die Schattenseiten der Pferdehaltung und Pferdebehandlung; die negativen Seiten der Beziehung zu diesem Tier in der langen Geschichte einer jahrtausendlangen Knechtschaft des Menschen über eine Kreatur, der er sehr viel verdankt, was er aber oft mit elender Behandlung, Gewalt, Strapazen und Misshandlungen gedankt hat.

Der unterjochte Freund, Begleiter und Helfer musste viel ertragen. Sporen, Peitsche und Kandare waren die wichtigsten Werkzeuge, die gegen die oft geschundene Kreatur brutal angewendet wurden.

Ein ganz anderes Pferdebuch.

Das Urpferd

Das erste komplette Pferdeskelett dieses Urpferdchen wurde erst 1867 in Gesteinsschichten im Süden der USA gefunden. Man nannte dieses Urpferd in einer romantischen Anwandlung Eohippus, Pferd der Morgenröte. Die Augen lagen in der Mitte des Kopfes, erst viel später haben sich die Augen an den Seiten des Kopfes entwickelt. Das Gebiss zuerst zum Fressen von Laub geschaffen, wurde im Laufe der Jahrmillionen ein Grasfressergebiss. Die Form des Kopfes, das Längerwerden der Beine und die Umwandlung der fünf Zehen in einen Huf dauerte ebenfalls viele Millionen Jahre. Raubtiere waren die Hauptfeinde dieser kleinen Haustiervorfahren.

Heute lauern keine Raubtiere mehr in den Büschen, doch das Rascheln eines Papierfetzens im Wind ruft auch heute noch beim Hauspferd manchmal dieselbe Reaktion hervor wie beim Raubtier in der Urzeit – Scheuen oder sogar ein Fluchtversuch. Das beweist, dass das Pferd aller Domestikationen zum Trotz unverändert geblieben ist.

Wenn wir heute ein schweres Kaltblutpferd betrachten, kann man sich nur schwer vorstellen, dass der Urahn dieses massigen Tieres einmal nicht größer als ein Fuchs oder Hase gewesen ist. Evolution und menschliche Zucht haben hier etwas Staunenswertes geschaffen.

Das Steppentier

Vor etwa 25 Millionen Jahren wurde langsam aus dem Waldbewohner ein Steppentier. Aus den Laubfressern wurden Grasfresser. Die Größe und die Laufgeschwindigkeit der Urahnen unserer Pferde nahmen zu.

Die ersten menschlichen Zeugnisse über das Pferd stammen aus der ausgehenden Altsteinzeit. Sehr kunstvolle Felsmalereien aus der Zeit 15.000 v. Chr. finden sich z.B. in Altamira, 25 km westlich der spanischen Hafenstadt Santander am Golf von Biscaya und

in Südwestfrankreich. Hier sind die bekanntesten eiszeitlichen Fels-
bilder, die der Höhle von Lascaux, nahe der Stadt Montiniac, die
1940 durch einen Zufall von einigen Schulkindern entdeckt wurden.

Einige dieser dargestellten Tiere gleichen dem sogenannten
Przewalski-Pferd, eine Rückzüchtung eines ausgestorbenen Wildpferdes, das der russische Asienforscher Michailowitsch Prze-
walski (gest. 1888) beschrieb.

Gegen Ende des 19. Jahrhunderts war das Wildpferd ausgestorben. Mit Hilfe immer besserer Schusswaffen konnte man auch
auf große Distanzen das scheue Wildpferd schonungslos erlegen.

Für die Bauern war es ein Schädling, der oft ihre Felder heim-
suchte und somit für Hungersnöte verantwortlich gemacht wurde.
Die Ausrottung des vermeintlichen Schädlings gelang vollständig.

Der Eiszeitmensch und seine Beziehung zum Pferd

Höhlen, die dadurch entstanden waren, dass das Wasser in Jahrmillionen das Kalkgestein herausgewaschen hatte, boten dem Eiszeitmenschen Zuflucht. Hier hatte er Schutz vor wilden Tieren,
Schnee, Regen und eisigen Winden. In den Tiefebenen Südwest-
frankreichs, wo diese Höhlen in großer Zahl zu finden sind, waren
auch die Weidegründe des Rentieres, die Hauptjagdbeute des Eiszeitmenschen. Räume zum dauernden Aufenthalt waren diese
Höhlen nicht, sonst hätte man heute z.B. Ruß feststellen können
und die Malereien hätte man nach Tausenden von Jahren nicht in
einem so hervorragenden Zustand angetroffen.

Die Höhle von Lascaux wurde ab 1948 für die Öffentlichkeit zu-
gänglich, doch nach wenigen Jahren mussten die Besichtigungen
eingestellt werden, da die Bilder durch das künstliche Licht und den
Atem der Besucher enorm gelitten hatten.

Die kunstvollen Felsmalereien in Altamira und Südwestfrankreich sind Ausdruck der hohen Bewunderung die der Mensch für
die Tierwelte, besonders das Pferd, empfand. Man jagte nicht aus

Lust am Töten, sondern allein um zu überleben. Der Jäger war nicht stolz auf das Wild, das er erlegte, und er huldigte auch keinem Opferkult. Manche Menschen glaubten früher, unsere Urahnen hätten sich dadurch, dass sie ihre Beutetiere malten, Macht über sie verschafft. Die Bilder sind ganz natürlich Ausdruck seiner Bewunderung für die Kreatur, auch eine Ablehnung des Opferkults.

Der deutsche Prähistoriker Herbert Kühn schrieb über die eiszeitliche Kunst: „Bei all den Tausenden von Bildern der Eiszeit findet sich keines, das die Angst oder das Bedrücktsein ausdrückt, wie etwa die Bilder des Kreuzes im Mittelalter oder wie die Dämonenbilder in der Bronzezeit. Diese ganze Welt, so wie der Künstler der Eiszeit sie darstellt, ist freudig, gesichert …"

Das Pferd, ein Beutetier des Eiszeitmenschen

Das Jahresmittel der Temperatur während der letzten Eiszeit lag in Westeuropa um 5 bis 7 Grad. Mensch und Tier lebten in den eiszeitbedingten Rückzugsräumen eng zusammen. Das Nahrungsangebot war für die Tiere äußerst knapp, dadurch waren sie geschwächt. Dies machte die Beobachtung und die Jagd des Wildes natürlich leichter und erklärt auch, warum der Mensch als Jäger in gewissem Umfang sesshaft werden und seine Eindrücke in der Malerei bildhaft manifestieren konnte.

Die Jagd wurde mit Fallgruben und Fanggehegen ausgeübt. Vor dem Treiben der Pferde schreckten die meisten Jäger jedoch zurück.

Durch die Dungspur war der Aufenthaltsort der Pferde leicht aufzuspüren. Das hochbeinige Tier weidete meist in offenem Gelände und war somit weit sichtbar. Ein Leithengst führte die Herde an; wenn es gelang, diesen in eine Falle zu treiben, wurde die Herde kopflos und konnte dann leichter in eine große Falle oder an einen Abgrund getrieben werden, wie z.B. auf den bekannten Felsen von Solutrè, 100 km westlich von Genf in Südostfrankreich, wovon noch die Rede sein soll.

Um etwa 10.000 v. Chr. begann sich die Schicksalsgemeinschaft von Mensch und Pferd in Westeuropa langsam aufzulösen. Das Pferd verließ die Gebiete des heutigen Spanien und Frankreich allmählich und zog sich zurück in Richtung Osteuropa und Asien, woher es auch gekommen war.

Zurück bis heute blieben die unzähligen Pferdeknochen am Fuße der Felsenklippe von Solutrè, der wohl bekanntesten prähistorischen Pferdefalle der Welt.

Wie etwa mag sich so ein Pferdejagddrama damals abgespielt haben?

Das Wildtier Pferd ist seit je auf der Flucht gewesen. Raubtiere stellten ihm nach, und die Schnelligkeit war seine einzige Waffe. Dieses Tier, in der Frühzeit seiner Entwicklung viel kleiner als heute, hatte zahlreiche Feinde auf der Welt. Wir wissen nicht, wann es zum ersten Mal dem Menschen begegnete. Irgendwann im Diluvialzeitalter mögen Mensch und Pferd aufeinander gestoßen sein. Das Pferd griff den Menschen nicht an – es lief vor ihm davon. Der Urmensch aber, in dem sicheren Instinkt: „Was davonläuft, kann man essen", begann ihm nachzustellen. Der unkultivierte Jäger brauchte Fleisch. Warum nicht Pferdefleisch? Mit allen ihm zu Gebote stehenden Mitteln jagte der Mensch das Pferd. Er jagte es des Fleisches und des Felles wegen. Aus den Fellen fertigte er sich Kleider an. Pferdehufe könnten zu Trinkbechern verarbeitet worden sein.

Manchmal gelang es einer Sippe, eine ganze Herde einzukreisen. Mit der Grausamkeit des Menschen, der nur von der Jagd lebte, hetzte man die scheuen Tiere, und wo das Gelände dem Jäger günstig war, fand sich eine steile Klippe, ein Abgrund. Die bekannteste Klippe mit dem tödlichen Abgrund war die bereits erwähnte Felsenklippe von Solutrè.

Die große Pferdefalle von Solutrè

Es mag im Spätsommer oder Frühherbst irgendwann zwischen 20.000 oder 18.000 v.Chr. gewesen sein, als die große Herde der Wildpferde wieder einmal auf Wanderschaft nach Süden zogen, um auf der Suche nach futterreichen Weidegründen, dem harten nordischen Winter auszuweichen. Sie folgten in großen Herden, oder auch in kleineren Rudeln den bewährten Wanderwegen ihrer Vorfahren.

Eine hundertköpfige Herde erreichte eines Tages auch das südliche Burgund. Unruhig und mit gespannter Aufmerksamkeit prüften die erfahrenen Altstuten mit geblähten Nüstern jeden Luftzug, jede Bewegung der Sträucher und Krüppelgewächse, die vom Wind bewegt wurden. Kein Laut, keine Bewegung und kein Duft entging ihren scharfen Sinnen. Gefahr schien nicht zu drohen – und doch verriet ihnen der Instinkt, dass irgend etwas nicht stimmte. Irgendwie war die Landschaft verändert, weit vor ihnen versperrte eine lange Reihe ineinander verflochtener Knüppel und Zweige den Weg. Das war Gesträuch, das so hier nicht hingehörte. Die Leitstuten hielten inne, um dieses seltsame Gebilde genauer zu beobachten. Sogleich folgten alle Herdenmitglieder ihrem Beispiel und blieben wie angewurzelt stehen.

Just in dem Moment, als die Pferde zu erkennen gaben, dass sie eine zunächst noch nicht klar erkannte Gefahr witterten, veranlasste sie ein frenetisches Gebrüll im Gebüsch, aus dem Stand in rasendem Galopp davonzulaufen. Hinter ihnen tauchten eigenartige zweibeinige Gestalten auf, die ihnen Äste und Steine nachwarfen und Laute ausstießen, die die Wildpferde noch nie gehört hatten. In panischer Angst jagte die Herde davon, an der wegversperrenden Buschreihe entlang. Weg von diesen Ungeheuern, auch wenn die ursprüngliche Marschrichtung nicht mehr stimmte. Doch zu beiden Seiten tauchten immer wieder diese schreienden Wesen auf, die sich im Hinterhalt versteckt hatten. Sie hetzten die erschreckten Tiere den Hang hinauf. Gebrüll, Wurfgeschosse, brennende Äste und beißender Rauch versetzten die Herde in rasende Panik. Dabei geriet die Rangordnung total durcheinander. Die Leitstute galoppierte mitten in der Herde, eingekeilt zwischen den Jungtieren. Die Steigung des Berghangs nahm ständig zu, und ganz plötzlich verengte sich die schräge Ebene – steil abfallende Felswände zu beiden Seiten verhinderten ein Ausweichen nach links oder rechts.

Voller Furcht rückten die Pferde immer mehr zusammen, seitlich der todbringende Steilhang und hinter ihnen die fürchterlichen Feinde. Nur die Flucht nach vorne konnte Rettung bedeuten. Das Plateau aber verengte sich immer mehr und hatte plötzlich ein Ende. Überall nur noch Abgrund, die Herde war in eine Falle geraten, es gab kein Entrinnen mehr. Als die vorderen Pferde die Ausweglosigkeit ihrer Situation begriffen, stemmten sie sich mit aller Kraft gegen die von hinten nachdrängenden Artgenossen, die die Gefahr noch nicht richtig erkannt hatten. Doch der Aufprall der auflaufenden Pferde war so gewaltig, dass die vorderen in die Tiefe gestoßen wurden.

Ein Teil der Pferde konnte – trotz aller Bedrohung – zurück nach hinten durchbrechen und entkommen.

Unten am Fuße der Felsenklippe lagen aber Dutzende von abgestürzten Wildpferden. Einige waren sofort verendet, die noch lebenden wurden von wartenden Jägern mit Steinäxten erschlagen. Die Menschen jubelten wegen der reichen Beute.

Etwa in dieser Form wird sich dieses Drama abgespielt und im Laufe der Jahrtausende alljährlich wiederholt haben.

Am Fuße des Steilfelsens sind etwa 100.000 Skelette von Wildpferden in Geröll- und Erdschichten eingelagert. Den Bauern dienten Trümmergestein und Knochenfragmente als Einfriedung für die Weinfelder, arme Leute sammelten die Knochen, um sie billig für die Phosphatgewinnung zu verkaufen. 60 Prozent dieser Knochen stammen von Wildpferden, die übrigen von Mammut, Ur, Wisent und Ren, die ebenfalls Opfer der Absturzjagd geworden sind. Die ältesten Pferdeknochen werden etwa 25.000 v. Chr. datiert, demnach müssen um diese Zeit die Absturzjagden eingesetzt haben.

Die ersten Ausgrabungen begannen 1866, nachdem ein junger Mann zufällig einige Feuersteinwerkzeuge gefunden hatte. Wenig später setzte ein Boom unsachgemäßer Grabungen und Wühlereien von undisziplinierten Hobby-Sammlern ein, die zahlreiche Schichten verwüsteten.

Im Jahre 1967 übernahm der Staat das Areal und stellte es unter Natur- und Denkmalschutz, um den Raubsammlern das Handwerk zu legen, denn bis zu diesem Zeitpunkt hatte man die Stätte in einem verwahrlosten Zustand sich selbst überlassen. Von nun an wurden alle Funde nach genauem Ortsplan systematisch ausgewertet.

Der Felsen ist von Osten aus bis zur äußersten Spitze begehbar, auf dem gleichen Weg, den einst die Vorfahren unseres Hauspferdes zu nehmen gezwungen waren. Der luftige Standpunkt bietet weite Rundumsicht über die Landschaft, über Hügel und Täler, Dörfer und Weingärten. Wer Phantasie genug besitzt, sich die Ereignisse grauer Vorzeit angesichts der Örtlichkeit lebendig vorstellen zu können, wird das eiszeitliche Monument und seine einstige Funktion unvergesslich in seinem Gedächtnis bewahren.

(nach G. Kapitzke „Frankreich für Pferdefreunde", gekürzt)

Schonungslose Jagd im Osten

Wie schon erwähnt, wanderten die Urpferde langsam vom westlichen Europa nach Osten. An den Ufern des Schwarzen Meeres finden sich viele Zeugnisse des Menschen über das Pferd. Im Gegensatz zu Westeuropa traf das Pferd in der heutigen Ukraine nicht auf einen Freund und Schicksalsgenossen, sondern auf einen Jäger, der ihm schonungslos nachstellte. Auch wenn der Bedarf an Fleisch bereits gedeckt war. Beweis hierfür sind die vielen Pferdeknochen im Nahrungsabfall dieser Menschen. Etwa sieben Prozent aller gefundenen Tierknochen stammen vom Wildpferd.

Anfänge der Domestikation

Archäozoologen wollen hier an verschiedenen Pferdezähnen bereits Anzeichen von Verschleiß durch Trensen festgestellt haben. Das würde bedeuten, dass hier bereits ein Domestikation (Haustierwerdung) der Wildpferde vonstatten gegangen wäre. Die älteste bekannte Darstellung des Reitens stammt ebenfalls aus der Ukraine, eine Felszeichnung von Ross und Reiter aus der Bronzezeit.

Domestikation und verschiedene Verwendungen des Pferdes

Nach der jahrtausendlangen Verwendung des Wildpferdes als Nahrungsmittel wurde langsam aus der Jagdbeute Wildpferd das Hauspferd, also die Domestikation. Das gezähmte Wildpferd wurde in Herden gehalten. Diese Herden lieferten Fleisch, Häute für die Kleidung und Schutzhütten, vor allem aber Milch. Stutenmilch wurde ein gesundes und wichtiges Nahrungsmittel. Aus dieser Stutenmilch machte man auch schon bald ein besonders starkes Gebräu (Kumys), das von den Pferdehaltern der Steppe erfunden wurde und heute noch in Russland hergestellt wird. Die erste Arbeitsverwendung des Pferdes war wohl das Tragen von Lasten, dies erlaubte den Nomadenvölkern größere Strecken auf ihren Wanderzügen zurückzulegen.

Mit der Verwendung zum Kriegsdienst begann die erste große Ausnutzung und Bedeutung der Pferde. Zuerst als Zugtier vor dem Streitwagen, später dann als Reittier für die Krieger. Aus dem nomadischen Herdenbesitzer wurde der berittene Krieger, der mit seinem Nachbarn Krieg führte, meist um mehr Weideland, mehr Vieh und mehr Besitz zu erhalten.

Noch war das Pferd als Arbeitstier nicht geschaffen. Eine gewaltige Vermischung von Völkern und Kulturen begann, als die asiatischen Reitervölker über die Steppen Russlands jagten und nach Vorderasien und Westeuropa vordrangen, sich in den Mittelmeerländern, Indien und China festsetzten.

Zivilisationen wurden geschaffen und wieder zerstört und fünftausend Jahre lang war das Pferd hieran beteiligt. Ohne Pferd waren Kriege nicht mehr denkbar, und Fußtruppen blieben chancenlos gegen die Reiterheere, die man später dann Kavallerie nannte, und die einschließlich des Zweiten Weltkrieges in allen Heeren der Welt präsent waren.

Transportwesen, Nachrichtenübermittlung, Krieg und später auch die Bewirtschaftung des Bodens waren vollkommen abhängig von der Kraft, Ausdauer und Schnelligkeit des Pferdes. Der kulturelle und wirtschaftliche Fortschritt kam eben nur zu den Völkern, die domestizierte Pferde besaßen.

Der Mensch hat die Pferde in seine Obhut genommen. Er bestimmt ihr Leben. Er greift ein in ihre Fortpflanzung und Aufzucht. Dem Leben in seinem Dienst haben sich die freien Wildtiere angeglichen.

Das Pferd als Kulttier und seine religiöse Bedeutung

Von alters her hatte das Pferd eine große Bedeutung in den indoeuropäischen Religionen. Als Amme des Menschen wurde die Stutenmilch getrunken. Es wurde zum Totentier und zum Seelenträger der Verstorbenen. Vornehmen Toten gab man es als äußerst wertvollen Besitz mit ins Grab. Die Götter waren fast alle beritten oder wurden in Pferdegestalt dargestellt (Poseidon). Halb Pferd, halb Mensch, die Zentauren gehörten mit zur Mythologie der alten Hellenen. Pferdeopfer sind bezeugt für die Griechen, Römer, Inder, Perser und Litauer. Bei unseren Vorfahren, den Germanen, war das Pferd das wichtigste und häufigste Opfertier überhaupt. Pferdeschädel hingen in Bäumen und an den Giebeln der Häuser, ein Schutz gegen die gefürchteten Dämonen. Aber auch gegen Unwetter und Seuchen bei Mensch und Tier. Der Hufbeschlag und bis heute noch das Hufeisen galten als Glücksbringer.

Die christliche Kirche bekämpfte den Pferdekult und den Genuss des Opferfleisches; die Abneigung der Deutschen gegen das Pferdefleisch beruht auf dieser Tatsache.

Bernhard Grzimek, der bekannte Zoologe und Leiter des Frankfurter Zoos, der sich intensiv mit dem Verhalten von Pferden befasst hat, berichtet in seinem Buch „Und immer wieder Pferde", dass Mönche und Weltgeistliche bis zur Reformation als Reittiere nur Maulesel benutzen durften, vielleicht deshalb, so Grzimek, weil diese Tiere sich nicht geschlechtlich betätigen und sich nicht fortpflanzen. Die neuen protestantischen, verheirateten, Kleriker ritten Pferde, und so starben die Maultiere, z. B. in England, langsam aus. Nach Grzimek eine merkwürdige Nebenerscheinung der Reformation.

Schon eine sehr frühe Verwendung als Sporttier

Neben den Pferden für Kriegs-, Transport- und Arbeitseinsatz gab es seit den frühesten Zeiten auch schon Pferde für sportliche Zwecke. Schon in frühester Zeit fanden Wagenrennen statt. Jetzt wurde nicht mehr nur der Nahrung willen gejagt, auf dem Rücken der Pferde wurde die Jagd zum Vergnügen. Auch Pferderennen sind so alt wie die Zeit, in der sich der Mensch auf den Pferderücken schwang.

Das Ballspiel zu Pferde, Polo, stammt aus Zentralasien und wurde zum ersten Mal im 6. Jahrhundert v. Chr. in Persien erwähnt.

Die Reiterei wurde immer mehr zur Reitkunst. In Italien und Frankreich wurden die ersten Reitschulen gegründet. Und zwar in der Barockzeit, nachdem man in der Renaissance die Schriften des griechischen Heerführers Xenophon wieder entdeckt hatte, der das erste Buch über die Reitkunst der Weltgeschichte geschrieben hat. Pirouetten, Levaden, Passage und Piraffe bildeten die Grundlagen der klassischen Reitkunst.

Die Fuchsjagd wurde in England erst im 18. Jahrhundert eingeführt. Mit dem Errichten von Zäunen, Wällen und Hecken ergab es sich, dass das Springen im Galopp zu einer Notwendigkeit wurde.

Die Schnelligkeit und Beweglichkeit des Westernreitens in Amerika beim sogenannten Rodeo haben ihre Ursprünge auf der Iberischen Halbinsel.

Um 1870 wurden in England die ersten Springwettbewerbe durchgeführt. Es folgten dann solche Veranstaltungen im Pferdesportland Frankreich, später aber auch in Deutschland und Russland.

Vielseitigkeitsprüfungen wurden ursprünglich von der Kavallerie durchgeführt. 1912 wurden diese Prüfungen Teil der Olympischen Spiele. Das erste Hindernisrennen fand 1752 in Irland statt.

Aber immer war das Verhältnis Pferd – Mensch einseitig. Von Anfang an versuchte der Mensch, das Pferd ihm untertan zu machen, es nach seinem Willen zu unterwerfen, für ganz bestimmte Zwecke zu züchten und zu formen. Bei dem Ausspruch der Genesis „Machet Euch die Erde untertan" hätte ein Zusatz stehen können, „und vergesst das Pferd dabei nicht!".

Der Mensch züchtet das Pferd für seine Zwecke und macht es sich untertan

Der Mensch hat das Bestreben, sein Schicksal zu formen, die Umwelt und alles, was in ihr lebt, zu verändern, zu erobern und zu beherrschen. Die Verwendung des Pferdes hat häufig zu dessen Missbrauch und schonungsloser Ausnutzung geführt, auch wenn es Elemente von Partnerschaft gab und sehr oft auch heute noch gibt.

Auch das Pferd war der Evolution unterworfen, wie jede Art von Lebewesen. Umgebung und das Gesetz der natürlichen Auslese bestimmten auch die Entwicklung des Pferdes. Doch der wichtigste Faktor hierbei war, die Einmischung des Menschen, der die Evolution in einem Tempo beschleunigte, das unter natürlichen Bedingungen unmöglich gewesen wäre. Durch selektives Züchten und Kreuzen, durch Pflege des Weidelandes und Fütterung war und ist der Mensch in der Lage, die verschiedensten Pferdetypen für verschiedene Aufgaben hervorzubringen und das über viele Generationen hinweg.

Die ersten Zugpferde für die Wagen waren zu klein und zu schwach, um einen Reiter zu tragen. Doch einige Jahrhunderte später verfügten die Perser über Pferde, die groß und kräftig genug waren, diese Aufgabe zu erfüllen.

Die Römer benötigten und züchteten entsprechende Tiere für ihre bestimmten Zwecke: Reise-, Trag-, Zug-, Zirkus- und Rennpferde. Immer mehr Hengste wurden entmannt, denn der durch Kastration zum Wallach verwandelte Hengst ließ sich besser zähmen, arbeitete ruhiger und wurde so zum brauchbaren, willigen Arbeitstier und Träger seines Reiters, ähnlich wie der zum Arbeitsochsen verwandelte Stier, der seine gewaltige Kraft und Geduld dem Menschen Jahrtausende zur Verfügung stellte.

Ein modernes Standardwerk der heutigen Pferde- und Ponyrassen enthält mittlerweile 170 Rassen und Schläge. Wir wissen alle, wie gewaltig der Beitrag ist, der dem Pferd zur Weltgeschichte zukommt. Deshalb ist es nicht verwunderlich, dass das Pferd im Denken des Menschen eine einzigartige Stellung einnimmt. Es wird beachtet und bewundert. Dieses Tier kann zwar nicht dasselbe Verhältnis zum Menschen haben wie z. B. der Hund, der bekanntlich einen Platz im Hause seines Herrn erobert hat, welcher sogar das Bett sein kann, denn dazu ist das Pferd zu groß, obwohl Beduinen ihr Zelt oft mit dem Vierbeiner teilten.

Möglichkeiten, Zuneigung auszudrücken, sind beim Pferd sehr begrenzt. Der wedelnde Schwanz beim Hund ist bekanntlich ein Zeichen der Begrüßung; schlägt ein Pferd mit dem Schwanz, kann man nie wissen, was es will, eventuell wird es sich sogar wehren wollen.

Natürlich können Reit- und Arbeitspferde eine echte Zuneigung zu ihrem Herrn entwickeln. Das Pferd muss ihm vertrauen und der Herr dem Pferd. Ein Hindernisspringen ohne gegenseitiges Vertrauen wäre praktisch kaum möglich.

Gegen seine Natur war es von Beginn der Unterwerfung, dass das Pferd sich dem Menschen völlig unterwarf und oft zum willenlosen Sklaven wurde. Gewohnt, ein freies Leben in der Steppe zu führen, wurde dieses nervöse und temperamentvolle Tier, dessen Verteidigungssystem auf scharfem Hör- und Sehvermögen beruht, bald völlig vom Menschen beherrscht. Ein Kämpfer ist es nie gewesen, eher nutzte es seine Fähigkeit zur schnellen Flucht voll aus.

In der Herde setzte es zwar, um Ordnung zu schaffen, Zähne und Hufe ein, doch dienen diese Zähne mehr zum Grasfressen als dazu, die richtige Hackordnung festzulegen.

Dennoch hat dieses ängstliche Lebewesen auf allen Schlachtfeldern der Erde gekämpft und fürchterlich dabei gelitten. Natürlich war dieser Kampf ihm aufgezwungen. Von sich aus wird ein Pferd niemals einen Menschen angreifen, es sei denn, der Mensch hätte es durch unnötige Quälerei bösartig gemacht, so dass es zum Schläger oder Beißer wurde.

Das Pferd von heute – ein Sportkamerad

Inzwischen haben in den Kriegen Panzer, Transportfahrzeuge und andere Kriegsgeräte das Schlachtross ersetzt, dafür nimmt es mit großer Willigkeit an einigen der härtesten Sportarten der Welt teil.

Heute ist das Pferd ein sehr wichtiger Faktor der Freizeitgestaltung und sogar ein Therapeut für behinderte Menschen. Dort wo Wohlstand herrscht und der Mensch über genügend Einkommen und Freizeit verfügt, wird aus dem Arbeitstier ein treuer Sportkamerad.

Eine ganze Industrie mit vielen Arbeitsplätzen ist vom Pferd abhängig, und es gibt heute mehr Pferde als je zuvor, was nicht nur seine außergewöhnliche Anpassung beweist, sondern auch die eigentümliche Intensität der Beziehung zwischen Mensch und diesem edlen Tier.

Monarchen und andere Herrscher benutzen auch heute noch, wie in vergangenen Zeiten, das Pferd, um Pomp und Pracht eines großen Ereignisses zu demonstrieren.

Die schlimmen Zeiten für das Pferd gehören der Vergangenheit an

Gott sei Dank werden die meisten Pferde heute besser behandelt als in früheren Zeiten. Der älteste Verbündete des Menschen wird zwar nicht vergöttert, was er auch gar nicht will (obwohl junge Mädchen das zuweilen tun), aber die Zeit der Schlachtrösser, die elende Plackerei vor überladenen Wagen, auf endlosen Feldern, vor den Postkutschen, Treidelschiffen, Göpeln und Baumstämmen gehört in den meisten Teilen der Welt der Vergangenheit an.

Bei uns ist das Pferd mehr oder weniger ein „Sportgerät" geworden, oder auch ein Tier, mit dem man die Freizeit gestalten kann. Natürlich ist auch das Sportpferd, wie wir noch sehen werden, mancher Schikane ausgesetzt, obwohl die meisten Pferdesportler bemüht sind, ihren Sportkameraden anständig zu behandeln. Aber auch hier gibt es, wie überall, schwarze Schafe.

Das Pferd, schon immer ein Symbol der Macht, Schönheit und Kraft

Schon immer galt das Pferd als Inbegriff der Kraft, Schönheit und Eleganz. Man kann es wohl mit Recht als das edelste aller Tiere bezeichnen; Anmut, Lebensfreude, eine natürliche Würde, Kraft und Energie gehören zu diesem Tier.

Machthaber, wie Kaiser und Könige, machten sich dies zunutze, ließen sich am liebsten hoch zu Ross abbilden. Die vielen Reiterstandbilder zeugen heute noch davon.

Ausstrahlung, Schönheit und Kraft dieser Tiere sollten ihnen jenen Adel und jene Würde verleihen, die sie selbst oft nicht besaßen. Haushoch fühlte sich der Reiter dem Fußvolk überlegen, auf das er von oben herabsehen konnte. Manchmal sehr verächtlich, überlegen, hochmütig und stolz. Herrscher wie Alexander der Große, der seine Pferde liebte oder Napoleon, der sie eher hasste, zeigten sich gern auf ihren edlen und temperamentvollen Pferden. Auch heute noch zeigt sich z. B. der irakische Herrscher Sadam Hussein bei Militärparaden gern auf einem eleganten Schimmel.

Von der Bezauberung des Pferdes auf die Menschen geht auch immer etwas auf den Reiter über, mögen er und sein Verhalten auch noch so brutal sein. Auf „hohem Ross sitzen" und nicht auf einem Esel oder zu Fuß sein, gilt bis heute noch als Ausdruck von Arroganz und Selbsterhöhung.

Das Ritterturnier

Schnelligkeit, Wendigkeit und Gehorsam wurden von den Turnierpferden verlangt.

Doch die Reiterei verkümmerte, das Pferd wurde zur Panzermaschine; klingende Münze, ähnlich wie heute im Sport, galt bald mehr als die Ehre, ein guter Reiter zu sein.

Nur die Stoßkraft schwerer Rosse und ein sattelfester Reiter zählten etwas im „Wettkampf der wendigen Rosse", was die eigentliche Bedeutung des Wortes Turnier ist.

Vor allem durch die Kreuzzugsbewegung des 11. Jahrhunderts bildete sich ein neuer Stand heraus mit besonderen Vorrechten, Ansprüchen und Lebensformen: der Ritterstand.

Die ersten Kampfspiele der Ritter sind wohl Scheingefechte gewesen, die als notwendige Übung für den Kriegsfall gedacht waren. Oft genug endeten diese Turniere blutig oder sogar tödlich. Immer mehr sanken die Turniere zu gemeinen Prügeleien herab. Man zielte mehr auf die Wirkung bei den Zuschauern als auf die Pflege ritterlichen Anstandes.

Die Zeit, als man noch zu Ehren seines Wappens oder zur Ehre einer Dame die Lanze betätigte und mit einem Ehrenpreis zufrieden war, ging etwa im 15. Jahrhundert zu Ende.

Mit der Reiterei der Ritterzeit war nach heutigen Begriffen wahrlich kein Staat zu machen. Wie konnte sich das Pferd auch noch bewegen, wenn es die Zentnerlast das Ross- und Reiterpanzers, des schweren „Stechzeuges" zu schleppen hatte?

Und wie sollten auch die Ritter reiten können, wenn sie im hochlehnigen Stehsattel mit gestreckten Beinen auf ihr Pferd nicht anders einwirken konnten als mit den langen Sporenspießen und dem Marterinstrument der riesigen langbäumigen Kandare im Pferdemaul! Man benötigte ein solch langes Hebelgebiss, um den kaltblütigen Panzerkoloss überhaupt abbremsen zu können.

Mit hoher Reitkunst und mit Ritterlichkeit hatte diese Reiterei nichts mehr zu tun.

Und selbst, wenn es auch verboten war, nach dem Pferde des Gegners zu stechen, so hatten doch die armen Rosse am meisten zu leiden.

Gewalt und Zwang beherrschten den Umgang mit Pferden

Den Pferden, die ihren Herren die benötigte Vornehmheit, Ritterlichkeit, ja, sogar Macht verliehen, war der Dank meist nicht gewiss. Auch denen, die sich für ihren Herrn abschinden mussten, sei es als Trag-, Reit- oder Arbeitstier, war meist kein Dank beschieden. Sie lernten dagegen Gewalt, Misshandlung und Missachtung kennen. Oft wurden sie wie eine seelenlose Ware behandelt, die zu gehorchen und zu dienen hatte.

Bedingungslos hatten sie sich ihrem Meister unterzuordnen, ihm immer zur Verfügung zu stehen und das Letzte herzugeben, auch wenn sie dabei Gesundheit und Leben opfern mussten.

Spitze Sporen, grausame Peitschen und oft dicke Stöcke waren die „Werkzeuge" der Reiter und Fuhrleute, die oft erbarmungslos, manchmal auch in sadistischer Weise eingesetzt wurden. Zwang und Gewalt gegen den treuen Gefährten gehörten bei vielen, die mit Pferden umgingen, zur Tagesordnung. Immer grausamere und raffiniertere Methoden wurden angewandt, um sich ein Pferd in kürzester Zeit gefügig und dienstbar zu machen. Das Ziel jeder Ausbildung, ob zum Reiten, Ziehen, Kriegsdienst oder Sport, sah man darin, den eigenen Willen des Tieres mit mehr oder weniger Gewalt zu brechen und es bedingungslos unter den Willen des Menschen zu stellen.

Die Peitsche und viel Schläge sorgten dafür, dass die Tiere (Pferd, Esel, Maultier) sich fügten, und sehr häufig wurde die Mitarbeit mit brutalem Zwang erreicht.

Reitpferde und Arbeitspferde erfuhren dies in gleicher Weise. War die Kindheit des Pferdes vorüber, begann ein Leben der Arbeit, Mühe und bei vielen auch der Qual bis zum Tode. Nur wenige Tiere bekamen das sogenannte Gnadenbrot. Ein Pferd, das nichts mehr leisten konnte, weil es alt und gebrechlich geworden war, galt und gilt auch heute als nutz- und wertlos, ein Fall für den Pferdemetzger oder Schlachthof.

Wurde es zu früh herangenommen, stellten sich auch frühzeitig Schäden ein, es kam zum frühen Verschleiß. Verbogene Vorderbeine, Senkrücken, kranke Sehnen, Fassbeinigkeit der Hinterhand und andere Fehlentwicklungen waren die Folgen. Das Leben wurde zur Qual. Lahmheiten, innere Krankheiten, vor allem der Atmungsorgane, befielen diese Tiere. Der Mensch erfand für diese Kreaturen Bezeichnungen, wie erbärmlicher Klepper, Schindmähre oder hässlicher Gaul.

Auf die Gebrechen dieser Klepper wurde kaum Rücksicht genommen.

Was es bedeutete, mit einem kranken Körper Tag für Tag, jahraus, jahrein schwerste Lasten zu ziehen, mit keuchender Brust lange Steigungen zu bewältigen, und beim Versuch, einmal kurz zu verschnaufen, die unbarmherzige Peitsche eines rohen Kutschers zu spüren, der die Faulenzerei nicht dulden wollte, kann sich heute kaum noch jemand vorstellen. Jeder Rohling konnte straflos seine sadistischen Gelüste an diesen armen Geschöpfen auslassen.

Der italienische Rittmeister Grisone schrieb ein Buch über die „Regeln der Reiterei", das in fünf Sprachen übersetzt und achtmal neu aufgelegt wurde. In diesem Buch beschreibt er Maßnahmen, wie man ein junges Pferd gefügig macht. „Um jungen Pferden den Willen zu brechen, werden diese in eine runde Grube gestellt. Besonders hart muss man zu den empfindlichen und temperamentvollen Tieren sein. Man schlage sie kräftig mit einem Stock zwischen die Ohren.

Trägen Pferden hilft man mit brennendem Stroh „auf die Sprünge" oder lässt eine wütende Katze festgebunden an einem langen Stab von hinten an das Pferd heran." Auch einen Igel, unter dem Schweif festgebunden, empfiehlt Grisone, um das langsame Pferd anzutreiben.

Viele Tiere wurden durch diese brutale und perverse Behandlung total verängstigt und verdorben, was die Besitzer dazu veranlasste, ihnen auch diese Untugenden gewaltsam auszutreiben. Manche wurden dann zu Durchgängern, denen man die Augen zuband, oder sie endeten unter dem Messer.

Schon in der Antike erfand man Folterwerkzeug, um sich das Pferd gefügig zu machen

Im Zeitalter der Griechen und Römer war schon jedes Mittel recht, sich ein Pferd dienstbar und untertänig zu machen. Mit scharfen, schmerzenden Mundstücken wurde das Tier gezwungen, den Hals auf die Weise zu krümmen, wie es den Herren als schön erschien. Zu diesem Zweck wurde den Pferden eine sogenannte „Igelwalze", das heißt eine Stange mit spitzen Stacheln ins Maul gezwängt. Die Pferde taten natürlich alles unter diesen Schmerzen, was man von ihnen verlangte. Sie hatten nur das eine Verlangen, unbedingt dem Druck dieser Stacheln zu entkommen.

Jede Kopfhaltung wurde von ihnen eingenommen, die ihr Gebieter haben wollte. Der Druck, den diese „Gebisse" auf die weiche, zahnlose Zone des Pferdemauls ausübte, war barbarisch schmerzvoll und führte oft zu ernsthaften Verletzungen.

Trensen oder Sporen entwickelte man zu regelrechten Folterwerkzeugen.

Ähnlich wie man immer neue Folterwerkzeuge für das Quälen von Menschen erdachte und schuf, war auch der Erfindungsgeist der Pferdezüchter und Pferdehalter groß, wenn es um das Konstruieren immer wirksamerer und schmerzvollerer Mittel ging, um selbst das eigenwilligste Tier zum bedingungslosen Gehorsam zu zwingen. Mit 30 cm langen Sporen bearbeitete man die empfindlichen Weichteile, die Flanken, der Reiterpferde, und die Zäume wurden mit Kandarengebissen, die lange Hebel besaßen, versehen. Der Druck auf das Pferdemaul wurde damit enorm verstärkt und die Schmerzen um ein Vielfaches erhöht.

Kandarengebisse mit Hebelwirkung werden leider auch heute noch verwendet. Im Dressurreiten gehört die Kandarenzäumung zur obligatorischen Ausrüstung.

Mittel und Werkzeuge, die man auch heute noch anwendet

Wie bereits erwähnt, benutzt der Dressurreiter auch heute noch die Kandarengebisse mit Hebelwirkung. Mit kleinster Kraftanstrengung kann hier eine große Wirkung erzielt werden; das Pferde gehorcht aus verständlichen Gründen auf kleinste Nuancen, krümmt brav den Hals und hütet sich, den Kopf zu strecken oder gar zu verwerfen.

Brutal und gefühllos verfahren die Cowboys in den Wildwestfilmen, wenn sie, was wohl besonders kraftvoll und männlich wirken soll, den Missbrauch von schmerzhaften Gebissen demonstrieren, indem sie an den Zügeln der Pferde herumreißen.

Weitaus wirksamer und stärker als die schärfste Trense ist das sogenannte „Hackamore". Ein Zaum mit einem Hackamore ist so geschaffen, dass beim Zurückziehen des Zügels besonders auf das Nasenbein und das Genick des Pferdes eingewirkt wird. Bei zu heftiger Anwendung können hier dem Pferd sogar die Knochen gebrochen werden.

Barren und Stromschlag

Brutal sind auch die Mittel, die bisweilen bei den Springpferden angewendet werden, um sie zu höheren Leistungen zu bringen. Bekannt wurde vor einigen Jahren der Fall eines international bekannten Springreiters, der seine Pferde mit Holzlatten an den Beinen traktierte, damit sie beim Springen diese höher hoben. In Reiterkreisen wird dies „Barren" genannt. Leider ist dieser „Pferdefreund" kein Einzelfall. Nur eben er wurde erwischt und die Medien „brachten es an den Tag". Früher wäre so eine Tierquälerei, schon in Ermangelung eines Tierschutzgesetzes, nicht geahndet worden. Quälereien und Schindereien an Pferden waren so allgemein, als dass sich hier jemand groß darum gekümmert hätte.

Manche Springreiter setzten beim Training von jungen Springpferden auch elektrischen Strom ein. Das Pferd erhält beim Berühren des Hindernisses einen elektrischen Schlag und wird dadurch veranlasst, noch höher zu springen.

Trotz all dieser größeren und kleineren Schikanen und Quälereien haben es im allgemeinen die Pferde heute nicht mehr so schwer wie ihre Vorfahren, die sich ihren Hafer durch schwere Arbeit, endloses Laufen und Ziehen, verbunden oft mit roher Gewalt und Schinderei, verdienen mussten.

Der Sinn und Zweck ihres Erdendaseins war ein anderer. Vor allem in den Zeiten, in denen man ihre Muskelkraft noch nicht durch die Motorkraft ersetzt hatte. In manchen Gegenden der Welt wird auch heute noch die Zugkraft der Vierbeiner eingesetzt, z.B. in Osteuropa, wo die Landwirtschaft noch nicht den technischen Stand wie bei uns erreicht hat.

Die entsetzlichen Pferdetransporte in die französischen und italienischen Schlachthöfe kommen hauptsächlich von dort her. Tagelang werden hier die Tiere, oft kaum getränkt und gefüttert und ohne die vorgeschriebenen Pausen, quer durch Europa gekarrt, bis sie oft mit schweren Verletzungen und halbtot an ihrem Ziel ankommen.

Jahrelang haben sie für ihre Herren treu geschuftet, die natürlich nicht allen ihren Pferden ein Gnadenbrot gewähren können, aber einen besseren letzten Gang hätten diese Tiere doch verdient.

Auch heute noch Schikanen beim Sportpferd

Noch haben gewisse Gewalttätigkeiten gegen die edlen Tiere nicht ganz aufgehört, wie wir das beim Springreiten gesehen haben.

Am verwerflichsten ist die Haltung jener Menschen, die ihre Pferde als austauschbare „Sportartikel" betrachten und sie in tierquälerischen, mörderischen Hindernisrennen zu Tode reiten. Eine Statistik belegt, dass allein auf britischen Rennbahnen jährlich um die 200 Pferde an den Folgen von Stürzen über viel zu hohe und breite Hindernisse zu Tode kommen. Noch wird zu viel Gewalt angewandt, sei es auf Rennbahnen, Sportplätzen, in privaten Reitställen oder im freien Gelände.

Der Trabrennsport

Trabrennen ziehen auch heute noch ebenso viel Publikum an wie Flachrennen.

Allein in den USA gibt es 800 Rennbahnen. Vor dem Sulky laufen die Traber mit hochgehaltenem Hals und der als „Sterngucken" bekannten Kopfhaltung. Wenn die Traber aus der letzten Kurve kommen und dem Ziel zurasen, dann wird für sie die Qual zur Tortur. Die weit aufgerissenen Augen scheinen aus dem Schädel zu platzen, die Nüstern sind weit aufgebläht, Schweiß- und Schaumflocken wirbeln durch die Luft. Jetzt dreschen die Fahrer mit den langen Peitschen auf die Tiere ein. Da wird mit voller Wucht zugeschlagen. Gleichzeitig reißen sie an den Zügeln, das stählerne Beißzeug wird durch das weit offene Maul zurückgerissen. Auf keinen Fall darf der Gaul galoppieren. Nun werden auch mit einem Ruck die Schaumgummipfropfen aus den Ohren gezogen, die bisher die Pferdeohren verstopften. Der Schmerz der Peitschenschläge und der plötzliche Lärm lässt die Traberpferde aufbäumen, sie raffen ihre letzten Kraftreserven zusammen. Furcht und Schrecken treiben sie zur Ziellinie. Selbst lahme Pferde kommen an den Start, viel zu jung werden alle ins Rennen geschickt. Ihre monatlichen Kosten müssen sie selbst finanzieren. Sind die Tiere im Training erschöpft, schlagen die Tierquäler sie mit elektrischen Sautreibern auf die Flanken. Der Stromschlag treibt sie erneut an. Gestromte Pferde reagieren besonders empfindlich auf Peitschenschläge, aus schierer Angst vor dem erwarteten Schmerz.

Auf den ersten tausend Metern sind sie noch malerisch anzusehen. Bald fliegen die ersten Schaumflocken aus den aufgerissenen dampfenden Mäulern, ziehen sich weiße Schweißränder an den Flanken entlang.

Und der Schmerz brennt zwischen den Hinterbacken, dort wo hochgewirbelter Sand die Pferde in jedem Rennen wund scheuert. Traber werden oft geschunden, gequält und gedopt. Ein hartes Los!

(Dies schrieb in noch ausführlicherer Form, reichlich bebildert, die Zeitschrift „Stern" vor einigen Jahren.)

Ein schlimmes Los für viele Pferde in vergangenen Zeiten

Die Einstellung zum Pferd, seiner Haltung, ärztlichen Versorgung und seiner Verwendung haben sich zum Positiven hin verändert.

Misshandlungen und Quälereien werden sehr oft aufgedeckt und angeprangert, manchmal auch bestraft, denn es besteht ein Tierschutzgesetz, das in gewissem Maße auch für den Schutz unserer Tiere eintritt.

Die Einstellung der Menschen zur Natur und zum Tier haben sich geändert, nachdem man erkannt hat, wie sehr die Natur bereits zerstört ist, und wie viel unzählige Tierarten bereits ausgerottet sind.

Dieses Buch will versuchen, insbesondere den Pferden, ebenfalls ein Teil der Natur, weiter den Schutz zukommen zu lassen, der ihnen zusteht.

Historische Tatsachen sollen aufgezeigt werden, um der geschundenen Kreatur ein kleines Denkmal zu setzen. Seit den fünfziger Jahren hat das Pferd als Arbeitstier ausgedient und ist immer mehr zum Sportkameraden geworden. Nur allzu gern und schnell vergessen die Menschen, was sie ihresgleichen oder ihren tierischen Freunden und Mitarbeitern angetan haben.

Gewalttätigkeit war seit jeher die Sprache des Menschen im Umgang mit Pferden. Nicht nur die Paradepferde der Machthaber, die Sportpferde, die Reittiere und Kriegspferde lernten die Rohheit der Menschen bei der Zähmung und Gebrauch kennen. Unzählige Generationen von Arbeitspferden, die im Dienst des Menschen schwerste Lasten schleppten, die Äcker bestellten, Hunderte von Kilometern, meist im Galopp, Postkutschen zogen, wurde das Leben durch die menschliche Grausamkeit zur Hölle gemacht. Es gehörte zum alltäglichen Bild in Stadt und Land, dass Pferde vor überladene Wagen, riesige Baumstämme, Pferdestraßenbahnen und Pferdeomnibusse gespannt, geprügelt und nur mangelhaft ernährt wurden.

Natürlich gilt das nicht für alle Pferdehalter, aber wenn man bedenkt, wie viel große Firmen der Pferdeverwertung allein in der englischen Hauptstadt London in Betrieb waren, müsste das jeden Tierfreund nachdenklich stimmen.

Das Pferd in der Großstadt

Alte Pferde wurden besonders geschunden und in den Tagen vor ihrem Tod nicht mehr gefüttert. Alltäglich war auch das Martyrium der Pferde, auf die betrunkene Fuhrleute eindroschen, um ihnen die letzten Kräfte abzuverlangen. Der französische Schriftsteller Victor Hugo beschreibt eine solche Szene:

„Montag: Gestern trank der Mann in den Spelunken Wein, der voller Wildheit, Schreie und Flüche. Und der Kärrner ist ein einziger Hagel von Schlägen auf diesen Schinder, der am Zaumzeug zerrt."

Von Victor Hugo ist ein Gedicht des Mitleids für eine Kröte bekannt: Kinder steinigen eine Kröte, während ein Esel versucht, sie nicht zu zertreten, obwohl auf ihn selbst eingedroschen wird.

Besonders empörende Grausamkeiten gegenüber Tieren wurden damals hin und wieder geahndet, doch galt der Mensch als unangefochtener Gebieter über die Natur, das Herrschaftsdenken der westlichen Zivilisation war maßgebend.

Die Natur, so lehrte die Religion, sei dem Menschen anvertraut worden von Gott, und zwar in dem Sinne, dass er den höchsten Gewinn daraus ziehen solle. Das Tier, besonders das, was dem Menschen produzieren half, nämlich das Pferd, wurde bei der Industrialisierung und besonders bei der immer stärker werdenden Motorisierung an den Rand des Produktionsprozesses gedrängt.

Doch die Herrschaft wollte dem „Mob" auch blutige Schauspiele verbieten, weil darin seine „niederen und groben Instinkte" bestärkt würden. Ein Anflug von Gefühl oder Sentimentalität kam dazu und führte zu den ersten Tierschutzvereinen.

Aber auch heute noch bleibt die westliche Zivilisation, selbst wenn sie in ihrem Brauchtum und ihrer Geschichte tausend Einflüsse und vielfältigen Aberglauben aus der jüdisch/christlichen Tradition aufnimmt, tief durchdrungen von der eindeutigen Herrschaft des Menschen über das Tier, über das sie nach ihrem Gutdünken verfügen zu können glaubt.

Großstadtpferde waren oft abgetriebene Schinder, die dem Hagel von Schläge nicht entkommen konnten und verzweifelt bemüht waren, ihre immer schwächer werdenden Kräfte zu mobilisieren. Viele Pferde starben vor Schwäche mitten auf der Straße. Ständig waren Wagen der Abdecker unterwegs, die die Leichen der verendeten Pferde aufluden und entfernten. Diese Abdecker hatten immer Hochkonjunktur. Von der Pferdeverwertung lebten allein in London 30 große Firmen. Das Fleisch bekamen Katzen und Hunde.

Sehr schnell verbraucht waren auch die Straßenbahnpferde. Ein Gespann von zwei Pferden zog etwa 5,5 Tonnen. Eine Straßenbahn in Gang zu bringen war für die Tiere schwerer als es beim Pferdeomnibus der Fall war, vermutlich deshalb, weil die Schienen voller Schmutz waren und natürlich auch wegen des hohen Gewichtes.

Aber auch die Omnibuspferde starben meist in den Sielen, also während ihres Dienstes.

Eisenbahnpferde begannen ihren Dienst mit fünf bis sieben Jahren. Ihre Arbeit dauerte nicht allzu lange, weil das ständige Anziehen der schweren Lasten ihre Beine einfach zu sehr belastete. Außerdem mussten sie auf dem schlechten Pflaster dauernd laufen, was zu einem starken Verschleiß der Hufe und Gelenke führte. Anhalten und neu anziehen, den ganzen Tag, die ganze Nacht, das hielten sie auch bei häufigem Pferdewechsel höchstens vier Jahre aus.

Von Pferden gezogene Omnibusse und Straßenbahnen existierten etwa 70 Jahre lang, dann wurden sie von der elektrischen Straßenbahn und schließlich von benzin- und dieselgetriebenen Fahrzeugen abgelöst.

In London allein zogen zehntausend Straßenbahnpferde die Straßenbahnen, die auf einem Schienennetz von 217 km Länge verkehrten.

Zu jedem Omnibus gehörten elf Pferde, und jedes Pferd musste vier Stunden am Tag arbeiten. Das scheint nicht zu viel gewesen zu sein, aber es war eine äußerst harte Arbeit, bei der zwei von drei Pferden im Dienst zusammenbrachen und starben. Die Last, die zu bewegen war, betrug 2 – 4 Tonnen. Die Durchschnittsgeschwindigkeit, mit der gefahren wurde, lag bei acht Stundenkilometern. Als Omnibuspferde wurden ausschließlich Stuten angespannt. Sowohl Omnibus- als auch Straßenbahnpferde erlitten durch das ständige Anhalten und Wiederanziehen Verletzungen an den Gelenken, Bändern und Sehnen. Ihre Lebenserwartung war sehr gering.

Manchmal verkaufte eine Gesellschaft auch ihre alten und verbrauchten Tiere nicht, sondern behielt sie für leichte Arbeiten. Bei völliger Dienstuntauglichkeit wurden sie dann eingeschläfert.

Zum Pferdebestand der Großstädte gehörten aber auch noch viele andere Tiere. Für die Lieferfahrten der Brauereien benutzte man schwere Kaltblutgespanne, wie man sie heute noch bei einigen Brauereien zur Repräsentation hält.

Tausende Tonnen Kohle und Müll wurden Jahr für Jahr von Pferden transportiert.

In London gab es ungefähr 11.300 Droschken, für die doppelt so viel Pferde nötig waren. Manche dieser Droschkengäule wurden gepflegt, sie waren ja auch das notwendige Kapital für den Unternehmer. Viele aber wurden entsetzlich geschunden und misshandelt.

Noch schlimmer erging es den abgeschobenen Gäulen – den alten, verbrauchten, zu langsam gewordenen Tieren, die von kleinen Händlern und Geschäftemachern billig zum Schlachtpreis gekauft wurden und sich dann buchstäblich zu Tode schuften mussten. Meist waren sie ohne ausreichend Wasser und Futter. Vor überladenen Karren wurden sie brutal geprügelt; sie wurden schwächer und schwächer und starben dann oft auf der Straße. Viele waren in einem schrecklichen Zustand und litten unter chronischen Lahmheiten, auf die ihr Besitzer aber keine Rücksicht nahm, denn sie kosteten ja nicht viel und waren schnell und billig wieder zu beschaffen.

Nur wenige Stadtpferde hatten einen friedlichen Tod. Die geschlachteten Pferde dienten dem Menschen noch im Tod. Nichts wurde übrig gelassen, die Knochen zermahlte man zu Dünger, das Fett fand Verwendung bei der Herstellung von Kerzen und Lederöl, aus Haut und Hufen machte man Kleister, einige Knochen eigneten sich zur Knopfherstellung, Mähnen und Schweife wurden für die Möbelpolsterung, Angelleinen und Geigenbögen verwendet. Die Haut wurde zu Leder verarbeitet, und das Fleisch war für Hunde und Katzen bestimmt.

In einigen Ländern Europas, z.B. in Italien und Frankreich, aß man das Pferdefleisch lieber selbst und überließ Hunden und Katzen die Abfälle.

Hufeisen wurden wieder abmontiert und bei lebenden Tieren neu verwendet.

Es ist schwer zu sagen, wer das schlimmere Los gezogen hatte, das Pferd, das dem Menschen im Krieg diente, oder das, von dem er in Friedenszeiten Gebrauch machte.

Die New Yorker Skylinepferde

Auch in unserer Zeit gibt es noch Pferde, die das harte Los einer Großstadt ertragen müssen. In der Januarausgabe dieses Jahres berichtete die bekannte Reiter- und Pferdezeitschrift „Reiter-Revue" unter der Überschrift „Tristess ohne Hoffnung" von dem traurigen Schicksal der New Yorker Kutschpferde.

Apathisch ständen diese Tiere am Straßenrand, hätten keinen Blick auf vorbeiziehende Menschen, keine Reaktionen auf die heulenden Sirenen der Polizeiwagen.

In den dunklen Straßenschluchten der Riesenstadt atmen sie die Abgase tausender Autos ein, willenlos ziehen sie die Touristen durch den Verkehr, bis sie etwas Ruhe finden in schmalen Ständen ohne jede Einstreu. Eine tierquälerische Touristen-Attraktion nennt Hans Hunziker von der Schweizer Pferdeschutzorganisation „Pericles Pferde-Info" diese New Yorker Kutschergilde.

Es ist nicht, wie es früher oft der Fall war, die mangelnde Ernährung, die den Pferden zu schaffen macht, vielmehr sind es die Luftverschmutzung und die enorme Hitze im Sommer, die ihre Gesundheit angreift. Der ständige Einsatz auf den harten Straßen beansprucht die Pferdebeine in einem solchen Maße, dass Lahmheiten an der Tagesordnung sind.

Um neun Uhr morgens treffen die Gespanne an den Haltestellen am Central Park ein. Viele Geschirre sitzen schlecht oder sind zu klein für die meist kräftigen Pferde. Der Dienst wird in zwei Schichten absolviert, die Frühschicht arbeitet bis 18 Uhr, die Spätschicht geht oft bis 2 Uhr nachts. In den Pausen bleiben die Fahrer selten beim Gespann – sie treffen sich lieber beim gemütliche Kartenspiel. Die Gefahr, dass die Pferde erschrecken oder durchgehen könnten, besteht in den Augen der Kutscher nicht.

In einem dreistöckigen Lagerhaus, einer morschen, baufälligen Holzkonstruktion sind die Pferde in drei Etagen untergebracht. Klein, dunkel und trostlos sind die Stände. Es ist schwierig und gefährlich, diese Orte zu besuchen. Die Fuhrunternehmer wissen sehr wohl über die katastrophalen Zustände Bescheid und möchten auf keinen Fall, dass Bilder an die Öffentlichkeit geraten – auch Tierschützer in den USA protestieren gegen die Missstände.

Die Pferde, die meist auf Schlachtpferde-Auktionen ersteigert werden, kommen oft von den Amish-People, wenn sie für die harte Feldarbeit zu schwach werden. In New York gehen sie dann, bis sie endgültig den Dienst versagen. Schon oft sind Pferde in den Straßen tot zusammengebrochen. Zum Schluss erwartet die Pferde der Transport ins Schlachthaus – Fahrzeit mitunter bis zu 30 Stunden.

Die Treidelpferde

Treideln ist das Ziehen durch Tiere, in Russland früher auch durch Menschen, von Schiffen auf Flüssen und Kanälen vom Ufer aus.

Besonders in der Zeit, als es noch keine Eisenbahn gab, dafür aber ein Netz von Wasserstraßen, wurden unzählige Güter und Passagiere auf Fluss- und Kanalschiffen transportiert.

Pferde, manchmal auch Maultiere und Esel oder sogar Ochsen zogen diese Schiffe, in der Regel stromaufwärts, denn bei einem größeren Gefälle fuhr das Schiff ja von selbst. Treidelpfade an beiden Seiten der Wasserwege gab es noch in der Mitte des 20. Jahrhunderts und somit in vielen Gegenden auch noch Treidelpferde. Am wichtigsten für die Tiere waren Kraft und Ausdauer. Viele Tonnen Lasten mussten in Bewegung gesetzt und über viele Kilometer auch in Bewegung gehalten werden. Ein Treidelpferd zog seinen Kahn mit einer Geschwindigkeit von ca. fünf Stundenkilometern, je nach Größe, Gewicht und Gegenströmung. Nach einer gewissen Strecke mussten die Tiere, weil total erschöpft, ähnlich wie die Postpferde, ausgewechselt werden. Schwere Kähne wurden von bis zu 14 Pferden gezogen. In Russland waren es, wie schon erwähnt, die billigen Menschen, die hier die Pferde ersetzten.

Treckjagten waren leichte, flache Boote mit einem geringen Tiefgang, die von zwei Pferden an zwei Leinen gezogen wurden, die jeweils am Bug und am Heck befestigt waren. Auf dem hinteren Pferd saß ein Reiter, der das vordere mit der Peitsche antrieb. War das Boot einmal in Gang gebracht, liefen die Pferde im Galopp.

Die Treckjagten hatten Vorrang vor allen anderen Fahrzeugen. Um dieses Recht auch durchzusetzen, hatten sie am Bug sichelförmige Klingen, die das Zugseil jedes Schleppkahns durchschnitten, der nicht schnell genug auswich.

Die Pferde wurden nach etwa acht Kilometern abgelöst. Bei starkem Frost wurden pferdegezogene Eisbrecher eingesetzt. Bis zu 20 Pferde zogen so ein Fahrzeug, häufig im Trab oder sogar im Galopp. Reiter peitschten die nicht berittenen Pferde an, denn das

Schiff musste in Fahrt bleiben, ehe zu dickes Eis das Unternehmen stoppte.

Viele Menschen können sich noch an die von Pferden gezogenen Schneepflüge in den fünfziger Jahren erinnern, die ebenfalls, aber im Schritt, von 12 bis 14 Pferden, je nach Schneehöhe, gezogen wurden.

Treidelpferde verletzten sich schnell, auch kamen viele zu Tode, wenn sie mit den Pfaden, Brücken oder Tunnels nicht zurecht kamen.

Manche Pfade waren schlammig und in sehr schlechtem Zustand. Hindernisse bis zu 90 cm mussten übersprungen werden. Solch eine Höhe aus tiefem Morast oder von einem glitschigen, aufgewühlten Untergrund aus zu springen, war schon eine beachtliche Leistung, zumal die Gäule noch das Geschirr trugen.

Viele Treidelpferde verletzten sich, wenn sie mit dem Zugseil irgendwo hängen blieben. Im Winter waren die Pfade ein einziger Morast und oft so zugewuchert, dass für ein Pferd kaum noch Platz blieb.

Das Leben dieser Pferde war bei schwerster Zugarbeit voller Gefahren.

Sie mussten auf Kommandos von Bord oder vom Ufer schnell reagieren, vor allem, wenn sie andere Pferde überholten oder von ihnen überholt wurden.

Sie mussten lernen, ihre ganze Kraft ins Geschirr zu legen oder aber ganz behutsam zu ziehen.

Dass ein Pferd ins Wasser fiel, kam häufig vor. Das konnte schlimme Folgen haben. Meist war die Ursache ein Verhaken der Zugleine oder ein überholendes Pferd, das sich vorbeidrängte. Fiel so ein Pferd dann ins Wasser, musste ihm der Bootsmann sofort nachspringen, um es von dem Geschirr zu befreien und zu versuchen, es irgendwie ans Ufer zu bekommen.

Die meisten Treidelpferde trugen Maulkörbe, nicht, weil sie vielleicht bösartig waren und bissen, sondern damit sie unterwegs nicht grasen konnten. Das hätte den Arbeitsablauf bei der harten und strapaziösen Arbeit gestört.

Trotz allem wurden manche Treidelpferde bedeutend älter als ihre Gefährten auf dem Pflaster. Ein Treidelpferd, das auf den Namen Billy hörte, soll 1972 im erstaunlichen Methusalemalter von 63 Jahren das Zeitlich gesegnet haben.

Das Postpferd

Postpferde waren nicht nur Kutschpferde, die Postkutschen zogen, in denen Reisende und Postgut transportiert wurden, sondern auch Reittiere für die Postreiter oder Kuriere, wie sie auch genannt wurden.

Mehr als alle anderen Pferde müssen Postpferde schinden und schnaufen, wurde früher gesagt.

Schuld hieran seien die Reisenden gewesen, die bei aufgeweichten Straßen oder steilen Berghängen keinen Vorspann bezahlen wollten. Ein Vorspann bedeutete für die Insassen Zuschlag, und dafür hatten sie kein Verständnis, die Pferde sollten sich anstrengen, dafür bekämen sie ja auch ihr Futter.

Schuld sei aber auch die Verwaltung mit ihren knapp bemessenen Fahrzeiten, zuletzt aber auch die Posthalter, die die Ansicht vertraten, eine alte und klapprige Mähre sei immer noch gut genug, um sich den Hafer bei der Post zu verdienen. Man müsse ihr nur genug „Langen Hafer", nämlich Schläge, geben, dann würde sie auch noch ein gute Weile für die Post, d.h. für die Menschheit, nützlich sein.

Im Jahre 1842 kam die üble Schinderei der Postpferde sogar im bayerischen Parlament zur Sprache. Ein Abgeordneter führte aus: „Man muss einen Postwagen im Trab durch den tiefen Kot der Straße fahren sehen. Man muss sehen, wie die armen Tiere schwitzen und keuchen und nicht mehr weiter können und wie dann der Postillion mit aller Macht der Peitsche auf sie einhaut. Ein Stein möchte sich darüber erbarmen. Dabei gehen die armen Pferde alle zu Grunde."

Die Höchsten und die Allerhöchsten Herrschaften störte es am wenigsten, wenn die Postpferde in den Strängen umfielen. Die Kreatur sollte laufen, bis sie krepierte. Dann war sie mit Geld zu ersetzen.

Einen Münchener Poststallmeister kostete diese Ansicht des Hochadels 1838 siebzehn Pferde. Sie waren im Dienste der russischen Majestäten durch übermäßige Anstrengungen und Hetze der Reihe nach verendet.

Pferde, die durch wahnsinnige Raserei, zu große Anstrengungen und Hitze verendeten, sind dann auch oft den Posthaltereien vergütet worden.

Als König Max von Bayern im Jahre 1818 auf der Rückreise von Baden nach München einen Unfall erlitt, weil die Kutsche umstürzte, wurde der Vorfall von Sachverständigen untersucht, um die Schuld festzustellen. Aus dem Protokoll des Königlichen Landgerichts geht hervor, dass der Unfall dadurch geschah, dass beide Stangenpferde in schlechtestem Zustand waren:
a) das Sattel-Stangenpferd war 15 Jahre alt und an den Füßen steif;
b) das zweite Stangenpferd war 17 Jahre alt und an beiden Augen blind.

Da diese schlechten Pferde nicht im Stande waren, den Wagen auf einem steilen Abhang zurückzuhalten, kam es zum Unfall, wodurch das Leben seiner Majestät des Königs in Gefahr gesetzt wurde. Die Königliche Post-Administration beantragte die Kündigung des Postkutschers, König Max begnadigte ihn aber zu einer Geldstrafe von 150 Gulden.

In anderen Ländern erging es den Postpferden nicht besser. In Österreich hieß es: Es gibt sieben Todsünden, die achte ist das Rossschinden der Postpferde. Von dieser frommen Meinung profitierten diese Tiere aber nicht. Aus Wien wurde überliefert: Die Pferde werden gedroschen, damit der Wagen am Rollen bleibt.

Als eine Postkutsche an Stubentor festsaß, weil die ausgemergelten Pferde keine Kraft mehr hatten, kam der Wagen erst durch ein Vorspann wieder in Fahrt, nachdem man zuvor minutenlang unter dem Gejohle der Zuschauer wie wild mit Stöcken und Peitschen auf die Pferde losgeschlagen hatte.

Am besten geeignet: Blinde Pferde
Aktive Tierschützer traten zuerst in England auf den Plan. Sie konnten gegen die Tierquälerei kraft Gesetzes einschreiten. Ein Fall ging auch durch die Zeitungen des europäischen Festlandes. Man hatte einen Viererzug mit Postpferden ausgemacht, die sämtlich auf beiden Augen blind waren. Der Postillion, um die Kuriosität voll zu machen, war einäugig.

Der bekannte deutsche Generalpostmeister berichtet von einem Dreiergespann, bei dem das mittlere Pferd blind, das linke auf dem rechten Auge blind und das rechte auf dem linken Auge nichts mehr sehen konnte. In dieser „glücklichen Kombination" genügten dem Kutscher die beiden nach außen gekehrten Augen.

Manche Postillione schätzten blinde Pferde mehr als sehende. Zwar mussten blinde Pferde mit mehr Aufmerksamkeit geführt werden, doch dafür gingen sie niemals durch. Auch wenn man sie noch so sehr prügelte oder der Wagen einen steilen Hang hinabfuhr.

Um das Durchgehen zu verhindern, gab es auch mechanische Mittel. Eines bestand aus beweglichen Scheuklappen, die bei Gefahr durch einen Riemenzug vom Bock aus zu verschließen waren. Blinde Pferde wagen es niemals ohne Zügelführung loszurennen.

Barbarischer bayerischer Postillion
Von einem rohen Postillion erfuhren 1838 die bayerischen Posthalter. Dieser bei der Postexpedition Dinkelsbühl im Dienst stehende Mann hatte eines seiner vier Pferde so gepeinigt und geschlagen,

dass es am Wagen tot liegen blieb. Dann wiederholte er das bei dem ihm zum Ersatz gegebenen Pferd auf gleiche brutale Weise, dass auch dieses verendete. Den übrigen Pferden gab er kein Futter, und auch sie wurden so geprügelt, dass das Handpferd in der Tränke umfiel, mehrere Minuten liegen blieb und beinahe auch verendet wäre.

Dieser Postillion wurde aus dem Dienst entlassen und durfte von keinem Poststallhalter mehr übernommen werden.

Italienische Reise

Ein deutscher Reisender berichtet von einer Kutschfahrt von Ferrara nach Bologna:

– „Einige Stunden von Ferrara aus ging es leidlich, dann sank aber der Wagen ein bis zur Achse. Der Fahrer wollte Ochsenvorspann nehmen, die Bauern forderten aber für 2 Stunden und 2 Ochsen 28 Lire. Der arme Teufel von Fuhrmann dauerte mich, und ich riet ihm selbst, gar kein Gebot auf die unverschämte Forderung zu tun.

Die Gäule arbeiteten mit der furchtbarsten Anstrengung eine halbe Stunde weiter; dann ging es nicht mehr. Wir stiegen aus und arbeiteten uns zu Fuß durch, aber es wurde auch mit dem leeren Wagen immer schlimmer. Erst fiel ein Pferd, und als sich dieses wieder erhob, fiel das andere, und einige hundert Schritte weiter fielen schließlich beide und wälzten sich in dem schlammigen Boden.

Die Pferde halfen sich endlich wieder auf, aber der Wagen saß fest. Nun stelle dir die vollständig verschmutzte Person deines Freundes vor, wie ich mit der ganzen Kraft meines physischen Wesens meine Schulter unter die Hinterachse des Wagens setzte und heben und schieben half." –

Fahrt nach Bad Pyrmont

Ein anderer Reisender, der zu einem Badeaufenthalt nach Bad Pyrmont will, setzt sich mit dem Leid der Zugtiere auseinander, das sich aus dem desolaten Straßenzustand ergab:

– „Der Weg war so steinig und löchrig und morastig, dass die Pferde im Schritt gehen mussten. Die ersten drei Stunden vergingen mit Gesang, Gesprächen und der Angst, jeden Augenblick umzukippen, noch ziemlich gut. In der vierten Stunde hielt ich die Rumpelei nicht länger aus, stieg aus dem Wagen und ging nebenher. Langsam ging es ständig bergauf, bis wir in einem dunklen Wald den Gipfel eines Berges erreichten, in der Nähe von Hameln. Die Pferde konnten nicht mehr. Ein Mitreisender und meine Schwester stiegen ebenfalls aus, um ihre Mühe zu erleichtern, doch es half nichts. Eines der beiden Pferde wurde ohnmächtig oder tat so und wurde ausgespannt und an den Wagen gebunden, um hinterherzutrotten. Mit innigem Mitleid gingen wir an seiner Seite und sahen sein kraftloses Taumeln. In dieser Stunde, da ich Zeuge seines schweren Vorwärtsschleppens war, hatte ich das sichere Gefühl, dass auch ein Pferd mein Nächster sei. Wir wünschten, das Leiden des armen Tieres teilen zu können, da fiel es endlich um, seine erschöpften Beine konnten es auf dem holprigen, morastigen Weg nicht mehr länger tragen." –

Ein alter Kutscher berichtet

Ein ehemaliger Postkutscher, der sich in langen Dienstjahren mit Dutzenden von Pferden beschäftigt hat und der sich bestens auskannte, berichtete:

– „Die Pferde waren treu und stets bereit, das Letzte zu geben bis zur totalen Erschöpfung. Oft mühten sie sich verzweifelt, die schweren vollbeladenen Kutschen die steilen Berge hochzuziehen. Die Köpfe tief nach unten, mit jedem Schritt nickend, dabei mit den Schwänzen nach Fliegen und Bremsen schlagend. Oft war es nur ein Stummelschwanz, der vergeblich hin und her zuckte. Kein Klagen, nur ein heftiges Schnaufen und das Klappern der Hufe.

Den Kutscher störte es nicht, wenn seine Pferde sich bis zum Umfallen quälten. Sie hatten zu ziehen und zu laufen, immer zügig und flott, die letzten Kilometer genauso wie die ersten.

Die Kutsche musste pünktlich am Ziel sein, und wie das erreicht wurde, spielte keine Rolle, schon gar nicht der Zustand der Pferde, die waren dazu da und nötigenfalls immer zu ersetzten." –

Total ermattet und am Ende

An einer anderen Stelle des Buches „Hoch auf dem gelben Wagen" von Erwin Maderholz lesen wir:

– „Die Gäule arbeiteten mit der furchtbarsten Anstrengung, dann ging es nicht mehr. Erst fiel ein Pferd, und als sich dieses wieder erholt hatte das andere, und einige Kilometer weiter fielen alle beide und wälzten sich völlig ermattet in dem schlammigen Boden. Der Kutscher tat mit Geschrei und Prügel, was er konnte. Als er sie wieder auf den Beinen hatte, ließ er sie eine Zeitlang ausruhen, dann legten sie sich wieder ins Geschirr und taten, was sie konnten. Aber bald stand der Wagen wieder, die Pferde waren einfach zu fertig. Der Postillion bekam einen Wutausbruch und schlug auf die ermatteten schweißtriefenden Gäule ein. Aber nichts half mehr. Schließlich musste er ins nächste Dorf laufen und ein Auswechselgespann besorgen." –

Kein Acht-Stunden-Tag

Natürlich gab es auch Postillione, die ein Herz für ihre Pferde hatten, sie gut pflegten und schonend mit ihnen umgingen. An langen Bergauffahrten machten sie Pausen, um sie verschnaufen zu lassen. Dies sei nicht unerwähnt, wenn wir hier auch hauptsächlich die negativen Seiten der Pferdehaltung und Pferdebehandlung aufzeigen und anprangern wollen.

Manche Postillione hielten es mit dem Spruch: „Denken sollen die Pferde, sie haben die größeren Köpfe." Das schienen manche Gäule wirklich zu tun. Sie kannten den Weg und die Haltestellen und sie unterschieden die Hornsignale. Dass sie einen bier- oder weinseligen Kutscher, der eingeschlafen war, bis vor die heimische Stalltür fuhren, ist des öfteren verbürgt erzählt worden.

Am besten getroffen von allen Postpferden, die es im 19. Jahrhundert in Deutschland gab, hatten es wohl die 400 bis 500 Pferde des Poststalles Berlin. Ein Berliner Postpferd durfte am Tag nicht länger als acht Stunden beschäftigt und jährlich nicht mehr als 7.500 km bewegt werden. Die Futterrationen waren reichlich, und zwei fest angestellte Tierärzte überwachten die Gesundheit der Tiere. Es gab sogar „Erholungsurlaub" für kranke Pferde auf einer Koppel an der Straße nach Tegel.

Den Acht-Stunden-Tag kannten die Pferde in der Provinz nicht. Für sie war der Dienst von früh bis spät. Umspannpferde wurden oft vom Pflug abgespannt und entsprechend ermattet vor die Postkutsche geschirrt.

Einen Vorteil hatten diese „Provinzpferde" wohl; sie mussten nicht so viel auf Pflaster laufen, was ihnen manches Fußleiden ersparte.

Postkuriere

Berüchtigt waren die sogenannten Postkuriere, die stets in eiliger Mission unterwegs waren und manches Pferd zuschanden ritten, so das dieses dann als „Schindluder" endete.

Manche Kuriere spornten ihre Pferde mit Messerstichen in die Flanken an, nachzulesen in den Akten des Oberpostamtes München. Ein französischer Kurier hieb seinem Pferd aus schierem Übermut die beiden Ohren ab.

Wenn es zu arg herging mit der Schinderei, suchte die Post dem Treiben der Rossschinder Einhalt zu bieten, indem sie schärfere Verordnungen gegen diese Tierquälerei erließ.

Es wurde z.B. verboten, die Tiere drei und mehr Stunden warten zu lassen. Erhitzte und in Schweiß gebadete Pferde sollten mit Stroh trocken gerieben werden, mit einem nassen Schwamm seien die Schenkel bis über das Knie, die Augen, die Nüstern und das Maul abzuwaschen. Zwischen den Schenkeln und auf der Brust müsse Sand und Schmutz entfernt werden, da sonst das Pferd zum Dienst untauglich würde.

Geschwulste, durch den Druck des Sattels auf dem Rücken entstanden, sollten mit Seife und Branntwein behandelt werden.

Ab Ende des vorigen Jahrhunderts wurden dann immer mehr Stallungen zu Garagen, das Pferd nannte man „Hafermotor", und für das Maß einer mechanischen Leistungseinheit erfand man den Begriff „Pferdestärke".

Zum Schluss noch ein Reiseerlebnis des Malers und Schriftstellers Wilhelm von Kügelgen (1802-1867) aus seinem Buch „Erinnerungen eines alten Mannes"

Von Bremen nach Bernburg

– „Wir jagten gewaltig daher. Darum wurden die armen Gäule, die ohnehin schon sehr alt und schwach waren und am Tag vorher die selbe Tour (Bremen – Bernburg) schon einmal gemacht hatten, bald müde, und sie verweigerten bei anbrechender Nacht den Dienst. Mir taten die Tiere leid, doch dachte ich: „Es geht dich nichts an ..."

Endlich nach Mitternacht blieben beide endgültig stehen und waren durch keine Prügel mehr fortzubringen.

Der Kutscher wurde wütend, sprang vom Bock, fiel den Pferden in die Zügel und hieb unbarmherzig auf sie ein. Da drängten die Pferde zurück und wir lagen im Graben. Ich sagte: „Hole sofort Vorspann im Dorf!"

„Ja," sagte er und brüllte vor Wut, „aber erst schlage ich eins von den Schindludern tot – oder alle beide." Dann nahm er seine dicke Peitsche und hieb mit dem Stiel den Tieren über die Köpfe, rechts und links, wie ein Toller, so, dass sie seufzten wie Menschen. „Wenn du noch eine Hand gegen die armen Gäule hebst, schlage ich dich tot!" schrie ich ihn an. Der Kerl erschrak und sagte: „Nun ja, bleiben sie bei den Pferden, ich gehe und hole Vorspann." –

Pferdeschicksale in Afrika

Werden oder wurden Zug- und Arbeitspferde (Reitpferde sind ein späteres Thema) in anderen Ländern oder Erdteilen besser behandelt? Überall in der Welt gibt es den gegenüber anständige Menschen, aber auch Rohlinge, für die z.b. das Pferd ein seelenloses Geschöpf darstellt, dessen Unterwerfung, Missachtung und Misshandlung etwas völlig normales sind.

Der große Menschen- und Tierfreund, Theologe und Urwaldarzt Albert Schweitzer berichtet in seinen Erinnerungen von einer Begegnung in Dakar, wo er, nach seinen Worten, Erschütterndes sah: Auf den steilen und schlechten Straßen der Stadt fielen ihm die hageren, abgetriebenen und rücksichtslos geschundenen Maultiere und Pferde auf. Zwei Farbige waren mit ihrem hochbeladenen Holzwagen im Straßenschotter stecken geblieben und hieben schreiend unbarmherzig auf das vorgespannte Tier ein. Das war den Afrikanern noch nie begegnet, dass ein Weißer um eines Tieres willen in der afrikanischen Gluthitze sich einsetzte. Schweitzer hatte gebeten, das Tier doch nicht so zu misshandeln. Ihm wurde geantwortet: „Wenn sie keine Tiermisshandlung anschauen können, dürfen sie nicht nach Afrika kommen. Sie werden in dieser Art noch Schreckliches schauen und erleben."

Peitschenhiebe in Luxor

Eine aufmerksam beobachtende Tierfreundin und Touristin berichtete vor einigen Jahren in einem Pferdemagazin:

– „Vor dem überreich geschmückten Wagen in Luxor (Ägypten) stand ein bejammernswertes kleines braunes Pferd.

Das mit grober Schnur zusammengenähte Geschirr hatte an vielen Stellen die Haut von den Knochen gescheuert. Überall waren blutige, vereiterte Wunden zu sehen, besonders unter dem primitiven Kammdeckel am Gurt und an den Beinen. Traurig ließ es die Ohren zur Seite hängen, die müden Augen hielt es fest geschlossen.

Der Kutscher nahm die Peitsche zur Hand. Er zog einmal fest an den Zügeln und ließ sie kräftig auf die Kruppe klatschen. Die dünne, verrostete Stange rutschte seitwärts aus dem geplagten Pferdemaul. Jalla! Jalla! Vorwärts! Tempo!

Während die Peitsche Striemen auf die wunde Haut zeichnete, stolperte das kleine Pferd der Straßenmitte zu. Der Schmerz und die Schreie des Kutschers trieben es jetzt vorwärts. Es trabte los. Allmählich kam der, für das Pferd, viel zu schwere Wagen in Fahrt.

Jalla! Wieder klatschte der Peitschenriemen auf den Pferdekörper. Da fiel es in Galopp. Das ältere Ehepaar im Wagen klatschte in die Hände vor Freude über die schnelle Fahrt. Es genoss den kühlen Fahrtwind.

Jalla, rief der Kutscher, und der müde ausgemergelte Gaul galoppierte die Straße hinunter." –

Bei allem Verständnis für die Armut der Besitzer, denen die Mittel für vernünftiges Geschirr fehlen, genauso wie für ausreichend Futter, ist es schwer zu verstehen, warum dermaßen elende Tiere mit Peitschenhieben ausschließlich im Galopp gefahren werden und dieses oft auch, wenn keine Fahrgäste in der Kutsche sitzen. Geändert wird hier nichts. Wer Nahaufnahmen von Wunden oder verkrüppelten Beinen zu machen versucht, wird angegriffen.

Nach dem Ende des Ersten Weltkrieges ließ die britische Armee rund 20.000 Pferde in Ägypten zurück – Pferde, die nach Abzug der Truppen nicht mehr benötigt und an die Bevölkerung als

Arbeitstiere verkauft wurden. Ende der 20er-Jahre bereiste die Engländerin Dorothy Brooke Ägypten und war erschüttert über den Zustand „ihrer" Pferde, die ohne tierärztliche Versorgung dahin vegetierten. Mit Hilfe von Spenden gelang es ihr Anfang der 30er-Jahre mehr als 5.000 Tiere freizukaufen. Die Mehrheit musste wegen Unterernährung und schwerer Verletzungen getötet werden. Für die anderen brachte die Gründung des Brooke Hospitals in Kairo die ersehnte Hilfe. 1966 wurde eine zweite Institution in Luxor erbaut. Die Behandlung in diesen Tier-Hospitälern ist kostenlos. Die Menschen brauchen die Tiere zum tägliche Broterwerb. Allerdings fehlt es ihnen an finanziellen Mitteln, die Tiere bei Krankheit oder Verletzungen behandeln zu lassen. Das „Brooke Hospital for Animals" ist ein Zufluchtsort.

Die meisten Verletzungen sind auf Verkehrsunfälle zurückzuführen, an zweiter Stelle kommen Geschirrdruckstellen, Lahmheiten und Infektionen.

Auch romanhafte Schilderungen, hier aus dem Zusammenhang herausgenommen, haben ihre wahren Hintergründe und Parallelen. Hier eine Schilderung aus den Vereinigten Staaten:

Der betrunkene Fuhrmann

– „Er hatte getrunken. In der Morgendämmerung sah er nur die Rücken der beiden Pferde vor sich, das wippende auf und ab ihrer Hälse und Köpfe.

Und plötzlich hatte er auf diese Rücken wie wild eingeschlagen. Aufgesprungen war er, hatte gejohlt: „Ho heu – heu, ho heu!"

Längst rasten die beiden Wallache im Galopp, aber noch immer schlug er wie von Sinnen auf das rasende Fleisch. Rennen sollten sie, rennen, solange es ihm gefiel, und wenn sie dabei verreckten.

Und dann hatte er plötzlich mit aller Kraft die Zügel an sich gerissen, so dass der Wagen beinahe umfiel, hatte sich ausgeschüttet vor Lachen. Wie zwei dampfende Lokomotiven standen die beiden Gäule da, stampfend und keuchend standen sie, husteten Schaum und Luft." –

England, dann aber auch wieder Frankreich wurden oft als die Hölle für Pferde bezeichnet. Wie weit das zutreffend war, entzieht sich meiner Kenntnis.

Bezüglich der russischen Panjepferde hieß es: Lieber eine Ewigkeit in der Hölle braten, als in Russland als Panjepferd auf die Welt kommen.

Michail Scholochow schildert in seinem berühmten Roman „Der stille Don" auch das Elend der Panjepferde:

– „Die Panjegäule vor dem schweren Wagen waren erschreckend mager, ihre eingefallenen Flanken waren von ständigen Peitschenhieben wund, so dass die rosarot gesprenkelten Knochen, mit spärlichen Haaren verklebt, herausragten.

Die Pferde zogen willig und keuchend den schwerbeladenen Wagen, zogen so angestrengt, dass ihre schaumbedeckten Mäuler fast den Schmutz der Erde berührten. Ab und zu blieb eines erschöpft stehen, blies kraftlos die eingefallenen Rippen auf und schüttelte den in seiner Magerkeit unendlich groß erscheinenden Kopf, als wolle es sagen: Es geht nicht mehr, lasst mich einen Moment ausruhen!

Ein kräftiger Peitschenhieb jagte den protestierenden Gaul mit Gewalt weiter; er wankte zuerst nach rechts, dann nach links, riss sich mit äußerster Mühe vom Fleck los und setzte sich wieder in Bewegung. So schnell würde er es nicht noch einmal wagen, eine Pause einzulegen, ohne Erlaubnis seines Herrn.

Das quälende Angstgefühl vor der schrecklichen Peitsche mobilisierte die letzten Kräfte." –

Berühmte russische Literaten und ihre Pferdegeschichten

Bekannte russische Schriftsteller wie z.B. Michail Saltykov Schtschedrin („Wackergaul") und Leo Tolstoi („Der Leinwandmesser") haben über elende Pferdeleben geschrieben. Russland war und ist ein altes Pferdeland. Mensch und Tier waren seit uralten Zeiten aufeinander angewiesen. Riesige Entfernungen und unübersehbare Felder waren zu bewältigen, ehe in dem Riesenreich die Technik die tierische Muskelkraft ersetzte. Immer wieder taucht das Pferd in der reichhaltigen russischen Dichtung auf; Mensch und Pferd, eine Symbiose, wie man sie kaum in einem anderen Land wiederfindet.

Autoren wie Lermontov, Turgenjev, Lesskov, Tschechov und eben der berühmte Leo Tolstoi haben über das Pferd und seine russische Umwelt geschrieben. Diese schönen Geschichten sind oft sehr realistisch und daher auch tragisch.

Hier einige Zeilen aus Schtschedrins Roman „Wackergaul":

– „Die Arbeit für den alten Wallach ist endlos. In Arbeit erschöpft sich der ganze Sinn seines Lebens. Für sie ist er empfangen und geboren. Für etwas anderes hat ihn keiner nötig, ohne Arbeit wäre er nur ein Belastung. Seine Muskelkraft darf nicht verkümmern, er bekommt nur so viel Futter, wie er braucht, um sein Pensum zu erfüllen.

Mag die Arbeit ihn noch so peinigen, es kümmert niemanden, so wenig wie seine Wunden. Man braucht nicht sein Wohlbefinden, sondern sein Leben, das ihn befähigt, das Joch der Arbeit zu tragen. Er kennt nur den quälenden Schmerz, den ihm die Arbeit verursacht.

Er lebt nicht, er stirbt auch nicht. Er ist immer derselbe, geprügelt, geschunden, gepeinigt, gequält, gejagt und angeschrien.

Sein jämmerliches Knochengerüst hat er gestreckt und ausgereckt, er bleibt stumm, ohne eine Klage. Ein Arm voll faules Stroh und Wasser aus der Pfütze. Er muss unsterblich sein. Sie schlagen auf ihn ein mit allem, was ihnen gerade in die Hände fällt. Man kann ihn nicht kaputt machen. Durch seine beständige Arbeit hat sich viel gesunder Menschenverstand in ihm angesammelt.

Durch seine Nachgiebigkeit übersteht er die Sklaverei. Mit der Peitsche wird er unermüdlich aufgemuntert, sie macht ihm ewig Beine, sie macht ihn aber nicht kaputt. Sie holte das Letzte aus seinen zerschundenen Knochen und aus seinen erschlafften Muskeln heraus. Sie ist ständige Bedrohung, eine Gefahr, der er nicht entrinnen kann. Selbst nach stundenlanger Arbeit auf dem endlosen Acker, bei quälender Hitze und Millionen von Fliegen, so wie vielen Hieben, bleibt er der alte Faulpelz, der nie schnell genug geht. Wäre es ihm vergönnt, Klagen aussprechen zu können, würde das nur noch schlimmere Folgen für ihn haben. Die Antwort wäre in jedem Fall die Peitsche. So hat das Stumme doch noch etwas für sich. Tagaus, tagein kommt er nicht aus den Sielen. Im Sommer bearbeitet er von früh bis spät die Erde. Sein Leben ist kläglich und ohne Hoffnung. „Na, alter Faulpelz, fahr los!" Er zittert vor Anstrengung. die Schultern schmerzen. Die Luft ist so glühend, dass der Atem in der Kehle stecken bleibt. Der Wind bringt keine Erfrischung, sondern nur neue Glutwellen.

Bremsen und Fliegen schwärmen wie rasend um den alten Wallach herum, verkriechen sich in seine Ohren und Nüstern und saugen sich an den abgeschundenen Stellen fest. Sein ganzes Innere ist vor Hitze und äußerster Anstrengung verbrannt, er kann sich nicht beklagen, diesen Trost hat Gott dem stummen Tier versagt.

Das Feld bedeutet für alle sorglosen Leben, Poesie und Freiheit, für den gequälten Schinder bedeutet es Sklaverei und nimmt ihm die letzten Kräfte. Die Natur für alle Mutter, ist für ihn Geißel und Marter. Für ihn gibt es keine anderen Empfindungen als Schmerz, Müdigkeit und Unglücklichsein." –

Wackergaul, wenn auch sein Leidensweg etwas übertrieben geschildert wird, steht allgemein für das geschundenen Arbeitspferd schlechthin. Jedoch behandelte der Bauer seien vierbeinigen

Gehilfen sorgsamer und mit mehr Verständnis, weil er wusste wie sehr er bei seiner landwirtschaftlichen Arbeit und Produktion auf seine Pferde angewiesen war. Ein Ausfall durch Krankheit oder Tod eines Pferdes bei der Bestellung oder Ernte kam einer Katastrophe gleich.

Von Russland nach Deutschland. Ein Beispiel von der Behandlung von Zugpferden, dem eine reale Begebenheit zu Grunde liegt. Eberhard Wunderer, ein Pfarrer, der später im Schuldienst wirkte und viele Bücher schrieb, die das Schulmilieu schilderten, schrieb auch ein Tierbuch: „Welt auf vier Beinen". In diesem autobiographischen Buch erinnert er sich an eine pferdebezogene Begebenheit in seinem Heimatort. Hier ein Ausschnitt, aus dem zu ersehen ist, wie schwer und qualvoll das Leben mancher Zugpferde sein konnte, auch wenn sie sich noch so bemühten, ihren Dienst in jeder Situation getreulich nach dem Willen ihrer Herren zu erfüllen:

– „Möbelwagen wurden von vier Pferden mit großer Anstrengung gezogen, und selbst die dicken Biergäule bekommen nasse Flanken, so oft sie ihre Fässer zu der uns gegenüberliegenden Gastwirtschaft zogen.

Das Haus nämlich, das wir bewohnten, lag an einem Hang, die vorbeiführende Straße wies eine ganz erhebliche Steigung auf. Und genau uns gegenüber lag eine große Wirtschaft. Mit diesem Gasthaus hing nun aber die Qual zusammen, die jeden Winter den beiden Zugpferden vor dem Eiswagen zugefügt wurde.

Da man damals Eis noch nicht künstlich erzeugen konnte, und auch über keine elektrisch gesteuerten Kühlräume verfügte, wurden in der Kälteperiode mit großen Eisbrechern beladene Wagen die Straße hochgefahren, damit die Keller aufgefüllt würden. Das Eis brach man mit Spitzhacken aus einem nahegelegenen Weiher. Um die Rentabilität durch Zeitersparnis zu steigern, belasteten die „Eismänner" ihre Wagen meist stärker, als es die Kraft ihrer Pferde zugelassen hätte. Mit Peitschengeknall, kurzen Pausen und neuerlichem Anziehen brachte man einen solchen Wagen einigermaßen bis an die Sohle der Steigung. Dann standen die Pferde, im Frost dampfend, und stießen heftige Rauchwolken aus ihren Nüstern.

Die letzte Rast vor der barbarischen Quälerei, die ihnen nun bevorstand. Ihren angstvoll flackernden Augen konnte man entnehmen, dass sie sich des Kommenden wohl bewusst waren.

Einem unartikulierten Laut aus rauer Kutscherkehle folgten furchtbare Hiebe durch zwei peitschenschwingende Männer auf Schenkel und Rücken der beiden Tiere. Von wildem Schmerz getrieben, sprangen sie an und versuchten, die Steigung in einem Gewaltsturm zu nehmen. Zuweilen gelang das, und die Pferde erreichten völlig zerpeitscht, glitschnass vor Schweiß, mit bebenden Flanken, schäumendem Maul und zitternden Gelenken die ebene Einfahrt zum Felsenkeller.

In den meisten Fällen aber brachen sie nach den ersten zehn Metern in die Knie, rutschten mit ihren glatten Hufen – trotz der Stollen – auf der harten Straße aus, so dass man die Funken unter den Eisen sprühen sah. Mit rohem Zügelreißen, unaufhörlichem, unbarmherzigem Peitschen und wildem Gebrüll brachte man sie wieder in die Höhe und vielleicht einige Meter weiter dem Ziel entgegen. Doch dann wiederholte sich das grausame Spiel, und es kam jedes Mal der Augenblick, in dem es nicht mehr weiterging, der Wagen sogar einige Meter rückwärts rollte. Die Männer legten Holzkeile unter die Hinterräder und ließen die oft vor Erregung und Schmerz trippelnden, quer auf der Straße stehenden Pferde ein wenig ausruhen.

Nur eine kurze Pause ward ihnen jedoch gegönnt. Erneut begann der Versuch, in wildem Endspurt den Berg zu bewältigen. Zügelklatschen, Brüllen, hemmungsloses Einschlagen auf die beiden Tiere. Der Erfolg war gleich Null. Erneute Wiederholung der mörderischen Prozedur. Man ließ dabei die Peitschenschnüre um die empfindlichen Gelenke knallen.

Die gequälten Tiere bäumten sich auf und schlugen nach hinten aus. Es kam sogar vor, dass dabei das Bockbrett zertrümmert wurde, was die Wut der Peiniger noch erhöhte.

Ein Gewaltakt folgte dem anderen, bis schließlich die Grenze des Erträglichen überschritten war. Die Pferde schienen unempfindlich gegen die Peitsche geworden zu sein. Sie waren völlig apathisch, nicht einen einzigen Schritt ging es mehr voran. Im Gegenteil: Sobald der neue Anlauf begonnen werden sollte, verweigerte das Gespann jedes Anziehen und wich zurück. Die Pferde wussten, sie konnten sich noch so sehr anstrengen, es war zwecklos.

Da half nun alles nichts mehr. Eilig legte man nun wieder Keile unter die Räder, fluchte und gab es endlich auf. Einer der Männer wurde fortgeschickt, um zwei Vorspannpferde zu holen. Inzwischen standen die schweißtriefenden Tiere mit hängenden Köpfen, und aus ihrem Fell entwich weißer Dampf.

So oft sich einer der Männer ihnen näherte, zuckten sie zusammen, schlugen angstvoll aus, verhedderten sich in den Strängen. Erneute Zornesausbrüche der Treiber waren die Folge. Endlich nahte die Erlösung in Gestalt zweier frischer Zugtiere.

Dass es aber auch mit vier Pferden nicht ohne Peitschenhiebe und Ausrutschen abging, zeigte wie unsinnig die Last war." –

Der Autor führt dann weiter aus, dass er oft gedacht hätte, dass wenn Pferde schreien oder wenigstens wimmern könnten, eventuell die gedankenlos Rohheit der Menschen etwas eingedämmt worden wäre.

Aber gerade einer wehrlosen und stummen Kreatur gegenüber bleiben die Menschen meist hart wie die Eisblöcke auf dem Wagen.

Der bösartige Sägemüller

John Knittel, der Verfasser von „Via mala", verfilmt mit Mario Adorf, beschreibt, wie die Hauptperson des Buches, Lauretz, seinen Ärger und seinen Frust am wehrlosen Tier auslässt.

Er kann hier als ein Beispiel derer betrachtet werden, denen Tiere oft dazu dienen, ihre Wut, die eigentlich den Mitmenschen gilt, loszuwerden. Eine Gegenwehr ist nicht zu fürchten, und so kann man sich hier meist ungestraft loslassen.

– „Langsam schritt der Gaul weiter, instinktiv hielt er die rechte Straßenseite ein. Ab und zu blieb er stehen, um Atem zu schöpfen, aber ein Brummen seines betrunkenen Herrn brachte ihm schnell zu Bewusstsein, dass es hier nicht am Platze sei, ein wenig zu säumen. Schwitzend und schnaubend setzte er seinen Weg fort. Am Dorfbrunnen blieb das durstige Pferd einen Augenblick stehen, um zu trinken. Seine Beine versanken in dem Morast rund um das Becken. Myriaden von Insekten schwirrten um ihn herum. Mit unsicherer Hand tastete der Fuhrmann nach der Peitsche und begann, nachdem er sie gefunden hatte, mit aller Kraft auf den Gaul einzuschlagen und ihn wüst zu beschimpfen. Voller Schmerz und Angst bemühte sich das Tier, auf der steilen Straße schneller voranzutraben. Lauretz schlug so lange auf den alten Gaul ein, bis sie aus dem Dorf draußen waren. In jeden Schlag steckte er den ganzen Ärger, den die Umwelt ihm bereitete. Einer sollte schließlich dafür büßen, auch wenn er nichts damit zu tun hatte.

Schnufi, das Pferd, verdrehte die Augen, ein Zittern lief durch seine Beine. Es legte sich ins Geschirr und schlug einen holprigen Trab an. Hinter seinen Ohren brach ihm der Schweiß aus. Es wusste genau, welche Grausamkeit hinter der Stimme seines Herrn verborgen sein konnte. Es verstand zwar nicht die Worte, aber den drohenden Ton verstand es genau. Jedes Mal, wenn das Tier den Alkoholdunst seines Herrn gerochen hatte, war ihm bewusst geworden, welche Folgen das für ihn hatte.

Warum mussten die Menschen so grausam sein? Es tat doch alles, um sie zufrieden zu stellen." –

Auch Bauernpferde hatten es nicht immer leicht

Ohne Pferde konnte das bäuerliche Land zu allen Zeiten nicht auskommen. Die stille, unauffällige Rolle, die das Pferd bei der Arbeit für das tägliche Brot durch Jahrhunderte spielte und die ihm in vielen Ländern auch heute noch zukommt, war und ist für den Menschen vielleicht die wichtigste. Als Menschen sich die Pferde für die Landwirtschaft dienstbar machten, nutzten sie ihre Zugkraft zuerst für den Acker. Und auch heute noch ist der pflügende Bauer in den osteuropäischen Ländern ein alltägliches Bild.

Gewaltige Leistungen vollbrachten die Tiere in schwerem Zug vor Pflug, Egge, Drillmaschine, Erntemaschine oder dem hochbeladenen Erntewagen. Pflug und Pferde stehen am Anfang der Kulturgeschichte des Menschen. Hier offenbart sich die menschliche Kultur in ihrer reinsten und natürlichsten Form.

Ein friedlicher Dienst in der Geschichte der Gemeinsamkeit von Pferd und Mensch, ein inniges und beglückendes Verhältnis.

In der Regel behandelte der Bauer seine Pferde ordentlich; Haltung, Fütterung und Behandlung entsprachen den Anforderungen, die die Tiere brauchten, um die manchmal schweren Arbeiten ausführen zu können. Arbeit und Bewegung taten ihnen besser gut, als untätig im Stall zu stehen, was öfters einen sogenannten Kreuzschlag zur Folge hatte, der meist tödlich endete. Natürlich war die Arbeit in den Mittelgebirgen mit ihren steilen Hängen und auf schweren lehmigen Böden bedeutend mühsamer als z.B. auf den flachen Sandböden, wo dann naturgemäß auch leichte Warmblutpferde eingesetzt wurden, im Gegensatz zu Halb- oder Vollkaltblütern auf schwerem Boden und im Gebirge.

Die schwerste Arbeit der Bauernpferde war weniger das Ziehen und Ackern auf den Feldern, sondern das Schleppen der Baumstämme an den steilen Hängen der Berge in den Wäldern; für die Bauern ein Nebeneinkommen, besonders im Winter oder in arbeitsarmen Zeiten im landwirtschaftlichen Betrieb. Pferde, die hier häufig eingesetzt wurden, hatten keine lange Lebenserwartung und waren schnell verbraucht, aber auch hier konnte man bei etwas schonendem Einsatz den Tieren das Leben erleichtern.

Natürlich gab es bei den Landwirten und Pferdeknechten auch Rohlinge, denen die Pferde schutzlos ausgeliefert waren, besonders dann, wenn der Herr schlechte Laune hatte, von Natur aus jähzornig oder sonst aus irgendeinem Grund wütend war.

Dann wurden die Pferde oft grundlos geschlagen und bis zur völligen Erschöpfung ausgenutzt.

An zwei Begebenheiten aus meiner Jugend mit Pferden in der Landwirtschaft kann ich mich noch gut erinnern:

Getreideernte

Ein besonders schwer zu ziehendes Gerät in der Landwirtschaft war neben dem Kultivator der Getreidebinder, der nicht nur Fortbewegungsräder besaß, sondern auch ein großes Antriebsrad, das den Mähmechanismus in Gang setzte.

Bei einer spätsommerlichen Getreideernte an einem steilen Hang konnte ich bei drückendem heißen Wetter beobachten, wie sich zwei Fuchswallache gewaltig „in die Riemen legen" mussten, besonders wenn das schwere Gerät bergauf gezogen wurde. Das Getreide lag stellenweise an der Erde (Lagerstellen), dadurch verstopfte sich die Maschine öfters, z.B. dann, wenn sie nicht zügig genug die Ähren aufnehmen konnte. Es musste also flott gefahren werden. Die Maschine hatte zwei eiserne Sitze, auf dem einen saß der Bauer und bediente die Maschine, auf dem anderen der Sohn, der die Pferde anzutreiben hatte. Er schwang unentwegt die Peitsche und schrie die Tiere an. Diese, Kummer und Arbeit gewohnt, legten sich kräftig ins Zeug, waren bald in Schweiß gebadet und holten das Letzte aus ihren starken Körpern heraus. Bis sich die Maschine zusetzte und stand. Wertvolle Erntezeit ging verloren. Der Bauer schimpfte seinen Sohn aus, er habe die Pferde nicht schnell genug angetrieben. Nachdem man dann den Binder wieder in Gang gesetzt hatte, die Pferde hatten ein wenig verschnaufen können, ließ nun der Antreiber seine Wut an der wehrlosen, schwitzenden und schnaubenden Kreatur aus. Als sie ihm nicht schnell genug marschierten, trotz aller Schläge auf Kruppe und Schenkel, sprang er vom Sitz und schlug mit dem Peitschenstiel auf die erhitzten Köpfe, dabei begann einer der Füchse laut zu schreien. Ein Pferd versuchte verzweifelt seinen Kopf unter dem Kopf des anderen zu verstecken, als ob es hier Schutz suchen wollte.

Als das Handpferd später kräftig auf die Kruppe geschlagen wurde, blieb es kurz stehen und sprang verzweifelt hinten hoch, ohne dabei auszuschlagen. „Das würde es nie wagen", sagte mir später der Sohn des Bauern.

Mistfahren im Winter

Vor zwei aneinander geketteten Schlitten, hoch beladen mit feuchtem, halbverfaultem Stalldünger plagten sich zwei schon ziemlich bejahrte Wallache, ein Brauner und ein sogenannter Schweißfuchs, durch den hohen, nassklammen Schnee einen steilen Berg hinauf.

Da im Winter keine sonstigen Feldarbeiten anfielen, wurde oft in dieser Jahreszeit der Mist leergefahren und der Naturdünger irgendwo auf den Feldern deponiert, wo im Frühjahr Hackfrüchte angebaut werden sollten.

Auf halber Höhe verließen die beiden Gäule die Kräfte, und sie blieben mit aufgeblähten Nüstern und pumpernden Leibern stehen, um zu verschnaufen, wohl wissend, was sie nun erwartete, denn der etwas geistesschwache Knecht, für den die Misshandlung dieser Tiere etwas Selbstverständliches war und der auch bereits im Dorf dafür bekannt war, kannte bei Arbeitsverweigerung keine Gnade. Die Gäule hatten zu ziehen, ganz gleich, was er ihnen hinten anhing, oder wie steil der Hang auch war. Mit einem dicken Knüppel traktierte er unter großen Geschrei die Körper der Tiere, und als das nichts half, schlug er sie sogar auf die Köpfe.

Besonders der Fuchs, das Handpferd, bekam seine ungezügelte Wut zu spüren. Die beiden Pferde, die so lange ich sie kannte, einiges gewohnt waren, sprangen hinten und vorne hoch, drängten zur Seite und schnaubten heftig.

Als sich der Fuhrknecht genug an den beiden Tieren ausgetobt hatte, band er den zweiten Schlitten los, und einzeln schafften die beiden Kaltblüter schließlich beide Fuhren auf die Höhe des Berges.

Erlebnis im Walde

Wie schon erwähnt, war die Arbeit im Wald, das Holzrücken, besonders in gebirgigen Gegenden die wohl strapaziöseste Angelegenheit für Mensch und Tier.

In meiner Jugend konnte ich einmal beobachten, wie ein schwarzer Wallach, ein leichtes Kaltblut, einen langen dicken Baumstamm, der aus einer tiefgelegenen Schlucht hochgeschleppt werden musste, einfach nicht mehr weiter schaffte, weil die Kräfte des Tieres nicht mehr ausreichten. Daraufhin warf ihm der Fuhrknecht eine Schleppkette um den Leib und drehte diese mit einem Buchenknüppel so fest zusammen, dass der Rappe zu zittern begann. Dann nahm der Rohling einen dicken Stock und schlug auf diese Kette. Das Tier schnaubte und stöhnte, dann aber mit letzter Verzweiflung und dem Aufbieten aller Kräfte schleppte es den über 20 m langen Stamm den Abhang hinauf.

Wenn dann später der Fuhrknecht nur mit der Kette rasselte, verdoppelte das Tier seine Anstrengung und tat alles, um diese Tortur nicht noch einmal zu erleben.

Ein Pferdeleben konnte zur Qual werden

Glück hatten all die Pferde, die einen Herren gefunden hatten, der ihre Arbeit zu schätzen wusste und der ihnen nicht mehr abverlangte, als sie leisten konnten.

Manche Tier aber wurden ausgeschunden bis aufs Blut. Die Arbeit im Alter, verdorbene Streu, Schläge, Überarbeitung, elende Stallungen, karges und minderwertiges Futter, kein Sonntag, kein Schutz vor Regen und Kälte, schlecht passende Geschirre, all das konnte ein Pferdeleben zur Qual machen.

Göpelpferde

Trostlos und eine Quälerei war das Gehen in den Göpeln, wo die Pferde, meist abgetriebene und verbrauchte Tiere, zu keiner anderen Arbeit mehr nütze, meist mit verbundenen Augen liefen, damit sie durch die dauernde Bewegung im Kreis nicht dösig wurden.

Oft nahm man auch lahme oder blinde Pferde, um die Mahlwerke oder Bewässerungsanlagen, wie wir sie heute noch in Südeuropa und anderen Erdteilen antreffen, anzutreiben. In den oben genannten Gebieten sind es mehr Esel, Maultiere oder Rinder und Ochsen, die stundenlang im Kreis rumtrotten.

Literarisch hat man auch dieses Pferdedasein verewigt. Hier eine kleine Kostprobe vom Los eines solchen Tieres:

– „In einem Schuppen ging auf engstem Raum den ganzen Tag ein Pferd im Kreis herum und trieb den hölzernen Brunnenschwengel an. Mit Seilen waren an diesem Eimer befestigt, die das Wasser aus der Tiefe herausholten. Tag für Tag lief dieses Tier pausenlos seine Runden, wobei seine Adern vor Anstrengung dick anschwollen. Manchmal blieb es stehen, dann hob Filat drohend die Peitsche in die Höhe und das Pferd zog von neuem den Brunnenschwengel. Filat dachte niedergeschlagen an Ignatz, aber das Los dieses Pferde war noch hoffnungsloser und tröstete Filats Herz ein wenig." –

In einem anderen Roman wird auch von Göpelpferden berichtet, zwar romanhaft, aber man bekommt doch eine bildhafte Vorstellung, wie erbärmlich das Los dieser lebenden „Antriebsmaschinen" war.

– „Die Besitzer bekamen die Pferde für einen Spottpreis. Es waren Pferde, die kein Fuhrwerk mehr ziehen konnten. Tier aus grässlichen Ställen. Nachdem sie sich zu Tode gerackert hatten, schlachtete und häutete man sie.

Der Betrieb verschlang mit erschreckender Geschwindigkeit einen Gaul nach dem anderen.

Unverdrossen stapfte der Schimmel unter den Querbalken im Kreise herum, durch die schwarze Nacht bis zum Morgengrauen, manchmal schweißnass und fiebernd. Er horchte in sich hinein, ob sein Herz aussetzte, er gab nicht auf und kam nie aus dem Tritt, zum Staunen seiner Folterknechte.

Sein Fell glänzte vor Schweiß im heißen August.

Als der Herbst kam, hatte er längst begriffen, was man mit ihm vorhatte. Im Winter war die Hälfte des Kreises mit Eis bedeckt, so dass die Hufe kaum noch Halt fanden." –

Das Grubenpferd

Fast in allen Kohlebergwerken Europas wurden vom 19. Jahrhundert an Ponys eingesetzt, nachdem die vertikalen Schächte durch horizontale Stollen ersetzt worden waren, auf denen die kleinen Pferde zu den Kohleflözen laufen konnten und nachdem die „Käfige" eingeführt worden waren, in denen die Tiere in die Bergwerke befördert wurden. Diese Ponys fristeten ihr Leben unter Tage und erhielten in den meisten Fällen eine gute Pflege. In Schottland wurden hauptsächlich die bekannten Shetland Ponys eingesetzt, vor allem wegen ihrer geringen Körpergröße und ihrer enormen Kraft.

Die letzten Grubenponys wurden erst 1972 in England in den Ruhestand versetzt.

Nach jahrelangem Dasein in dunkler Erde sollen manche Tiere, als sie ans Tageslicht befördert wurden, erblindet sein.

Um die Jahrhundertwende veröffentlichte ein erfahrener Tierarzt seine Beobachtungen über die Pferdehaltung unter Tage: „Grubenpferde arbeiten unter besonders ungünstigen Bedingungen und nützen sich viel schneller ab als die in der Landwirtschaft oder zu gewöhnlichen Dienstleistungen gebrauchten. Man kann ohne Übertreibung behaupten, dass die Pferde von den Grubenbeamten gewöhnlich als Maschine betrachtet und demgemäß behandelt werden. Manchmal wird mit unbeaufsichtigten Grubenpferden ein Missbrauch betrieben, den man unter allen Umständen verhindern muss. Zimmerhauer oder andere in der Nachtschicht beschäftigte Leute scheuen sich nämlich nicht, wenn sie Wagen zu schleppen haben, sich ein Pferd aus dem Stall zu holen, das schon ein schweres Tageswerk hinter sich hat, um es auch in der Nacht arbeiten zu lassen. Es liegt auf der Hand, dass ein solches Tier, dem die lebensnotwendige Ruhe fehlt, bei einer solchen Doppelschicht bald zu Grunde gerichtet wird." –

Allein im preußischen Steinkohlebergbau arbeiteten über 11.000 Pferde unter Tage. In England waren bis Ende der 20er-Jahre sogar 52.000 Pferde im Einsatz. Notwendige gesetzliche Vorschriften über eine tiergerechte Haltung von Bergwerkspferden, die als ehemalige Steppen- und Fluchttiere in den unterirdischen Schächten denkbar ungünstige Verhältnisse vorfanden, wurden in Deutschland erst sehr spät erlassen. Organleiden und Überbeanspruchung führten dazu, dass die Grubenpferde auch bei guter Pflege nur eine Gebrauchsdauer von vier bis sechs Jahren hatten. Aus den beengten Verhältnissen in den Gruben ergaben sich für die Pferde die verschiedensten Verletzungsmöglichkeiten. Kaum ein Tier kam ohne mehr oder weniger schwere Wunden am Kopf oder an vorstehenden Körperteilen davon. In Gruben mit hohen Temperaturen wurden die Tiere von nicht passendem oder schlecht gefüttertem Geschirr wund gerieben. Schwere Verletzungen und Todesfälle waren zu erwarten, wenn Pferde beim Rückwärtstreten in den Förderkorb durch die unverriegelte Abschlusstür in den Schacht stürzten.

Die Mehrzahl der Bergwerkspferde hatte Augenschäden in Form von Linsen- und Glaskörpertrübungen. Nur von der von Bergleuten so gefürchteten Steinstaublunge blieben die Pferde verschont – dank ihrer langen, wie ein Filter wirkenden Nasen.

Besonderer Wert wurde auf einen ordnungsgemäß ausgeführten Hufbeschlag gelegt. Wegen der Explosionsgefahr mussten die Hufeisen in den Kohlegruben kalt aufgeschlagen werden.

– „Don Fermins Grubenpferd kam nach einigen Jahren wieder aus dem Bergwerk ans Licht des Tages. In völliger Dunkelheit hatte es hier lange geschuftet.

Es betrachtete die Felder, die Wellblechdächer, die tiefe Schlucht des Flusses und die Menschen. Es blieb stehen, es wusste nicht, wohin es gehen sollte. Das Licht hatte den armen Gaul geblendet. Er stand still. Er war glücklich in der Welt, die er wieder entdeckt hatte. Dann wieherte das gepeinigte Grubenpferd. Es war glücklich. Aus seinen Augen schien die Sonne, und die Schönheit der Erde spiegelte sich darin. Rendon hatte das glückliche Wiehern nicht verstanden. „Ihn schmerzen immer noch die Peitschenhiebe", dachte er." –

Karussellpferde

Eine Beobachtung im Jahre 1975

Pausenlos trotteten die kleinen Karussellpferde (Ponys) in der brütenden Julihitze im Kreis und bewegten ein Kinderkarussell. Jedes Mal, wenn eine Glocke ertönte, stemmte ein weißes Pony seine Vorderfüße in die Erde und stemmte seinen ganzen Körper nach hinten. Alle anderen Ponys und das Karussell standen. Die kleinen Fahrgäste wechselten. Dann ertönte wieder die Glocke und das Schimmelchen zog als erstes wieder an, die Fahrt begann von neuem. Alle anderen Ponys waren nur Mitläufer. Das kleine weiße, wohl das intelligenteste, hatte die Verantwortung, aber auch die Hauptlast beim Bremsen und Anziehen zu tragen. Nur es wurde angetrieben und nur es wurde mit dem Stock bedroht, hin und wieder auch geschlagen, wenn aus dem Trab ein Gehen wurde.

Tausendmal in tausend Orten, für die Kinder eine Freude, für die kleinen Pferde eher eine stumpfsinnige Angelegenheit, der nicht zu entrinnen war.

Erstaunliche Anhänglichkeit und Freundschaft zwischen Zugpferden

Zu unserem Thema Zugpferde gehört auch die Tatsache, dass oft innerhalb eines Gespanns eine starke Freundschaft entstehen kann, wenn beide Tiere eine lange Zeit an die gleiche Deichsel gespannt wurden.

Ludwig Kreutz schildert in seinem Buch „Goliath", das das Leben der Pferde im Zweiten Weltkrieg behandelt, folgende Begebenheit:

– „Als ein Gespannpferd, ein Rappe, mit einer Verwundung ins rückwärtige Pferdelazarett gebracht worden war, verweigerte sein Freund und Gespanngefährte das Futter. Alles Zureden bei dem Fuchswallach, der sonst nie satt zu bekommen war, half nichts.

Der Gaul, der anfangs laut wieherte, mit den Hufen scharrte und sich mit rollenden Augen umsah, beruhigte sich auch am zweiten und dritten Tag nicht. Um ihn abzulenken mit Arbeit, wurde er mit einem anderen Pferd angespannt. Doch das war fast lebensgefährlich, so schlug und biss der Wallach um sich. Der Gespannführer bestrafte ihn mit kräftigen Schlägen, was dann auch half. Im Stall aber stand das Pferd mit hängendem Kopf, tiefsinnig da, döste vor sich hin und nahm nur widerwillig Futter.

Nach vier Tagen kam der Rappe zurück. Auch ihn hatte die Sehnsucht nach seinem Arbeitskameraden fast umgebracht. Er hatte sich in seinem Stand im Pferdelazarett losgerissen, war auf dem langen Weg durch unbekanntes Gelände gestürmt und hatte sich auch im Lager zurechtgefunden und dort das Zelt und den Stand seines Gefährten ausfindig gemacht.

Beide begrüßten sich mit einem Freudengeschrei, betrugen sich rein närrisch, schnaubten, leckten und bissen sich gegenseitig spielend in die Mähnen und rieben die Köpfe aneinander.

Es kann ein Mensch nach langer Trennung kaum mehr Freude äußern." –

Ein ähnliches Beispiel von engster Verbundenheit und Freundschaft zwischen zwei Arbeitspferden wird an anderer Stelle erzählt:

– „Ein Fuhrmann besaß zwei Pferde. Mensch und Tier arbeiteten schwer. Sie fuhren Dreck bei Ausschachtungen. Die beiden Wallache gingen schon zehn Jahre zusammen. Ihre gegenseitige Zuneigung war fast krankhaft. Wenn sie unterwegs hielten, so spielten sie miteinander, indem sich gegenseitig die Mähnengegend beknabberten, sich etwas ins Ohr zu flüstern schienen und die Köpfe aneinander rieben. Und wenn ein Pferd im Stall bleiben musste, so war die Wiedersehensfreude riesengroß. Da musste das eine Pferd eines Tages wegen Kolik geschlachtet werden. Von da an war das bis dahin gutmütige andere Tier wie ausgewechselt. Von dem ihm nun zugeteilten Arbeitsgenossen wollte es nichts wissen. Es biss und schlug nach ihm. Als man ihm das durch Schläge ausgetrieben hatte, wurde es stumpfsinnig und gleichgültig. Das machte sich auch bei dem ehemals aufgeweckten Tier bei der Arbeit bemerkbar. Kein Gehorsam mehr auf Zügelführung. Dabei nahm es unnatürliche Stellungen ein, die auf Gleichgewichtsstörungen schließen ließen. Wo früher ein leises Wort genügte, hörte es jetzt auf keinen noch so lauten Zuruf mehr. Beim Fressen behielt es Heu im Maul und vergaß das Kauen, beim Saufen steckte es das Maul so tief ins Wasser, das es sich verschluckte. Den Kopf hielt der trauernde Gaul meist tief gesenkt, als ob ihm der Schädel zu schwer geworden sei. Stur sah er in eine Ecke des Stalles. Ein Seelenkummer, ein psychisches Leid, das ja auch beim Menschen, die sonst so wohlgeordneten Sinne durcheinander bringen kann." –

Das Reittier

Seit Mensch und Tier miteinander in Beziehung traten, war das Pferd ein Symbol für Macht und Autorität.

Der Reiter war dem Fußgänger zu jeder Zeit überlegen. Er schaute auf den Fußgänger herab, ebenso wie der Fußgänger gezwungen war, zum Reiter aufzusehen. An dieser Tatsache hat sich bis heute noch nichts geändert. Von feinen Herren erwartete man, dass sie ritten und die, die als feine Herren gelten wollten, folgten ihrem Beispiel. Um die gesellschaftliche Stellung zu verdeutlichen, war es wichtig zu reiten.

Unter den Landarbeitern genoss der Stallmeister das höchste Ansehen. Auf den englischen Höfen sorgte der älteste Sohn für die Pferde, der zweitälteste für die Rinder und der dritte für die Schafe.

Mit Sicherheit sind die ersten Reiter auf den ungesattelten Pferderücken gestiegen und wahrscheinlich auch mit nackten Beinen. Der griechische Feldherr und Autor der berühmten Reitlehre, Xenophon, schrieb, dass nacktes Fleisch auf einem verschwitzten Fell den sichersten Halt bietet. Der Sattel war damals noch nicht bekannt. Auf einem Pferd mit breitem Rücken ist das Reiten ohne Sattel kein Problem; auf einem schmalen, knochigen Gaul dagegen ist es kaum zu ertragen. Felle waren die ersten Vorläufer des Sattels. Diese Felle konnten natürlich schnell herunterrutschen. Obwohl die Reiter der ungarischen Puszta heute noch Filzsättel ohne Gurte benutzen und trotzdem akrobatische Kunststücke im vollen Galopp vollführen und dazu noch mit ihren gewaltigen Hütepeitschen knallen.

Die Indianer banden die Felle mit einem Seil auf dem Pferderücken fest, beim Einreiten banden sie sich selbst an dem Pferd fest, indem sie einen Unterschenkel zwischen das Seil und den Pferdeleib steckten. Hier hätten wir wohl den Vorläufer des Steigbügels.

Reitpferde haben zwar nicht schwere Lasten an ihrer Brust hängen, die sie bewältigen müssen, sondern einen Reiter auf ihrem Rücken sitzen, der von ihnen verlangt, was eigentlich auch ihrem Naturell entspricht, nämlich Gehen und Laufen. Das belastet normalerweise die Tiere nicht, sondern schafft ihnen die nötige Bewegung, die sie unbedingt brauchen.

Wir wollen hier nicht das sportliche Reiten (Pferderennen, Springreiten, Dressur, Military oder das mörderische Hindernisrennen) behandeln, schon gar nicht das friedliche Ausflugsreiten von Pferdebesitzern oder solchen, die sich ein Reitpferd leihen, um das Glück dieser Erde auf dem Rücken der Pferde auch einmal genießen zu können.

Unsere Thematik befasst sich mehr mit den Reittieren, die das Pech haben, „einen Teufel im Nacken" zu erleben, der ihnen das Leben zur Hölle macht und sie mit Gerte und Sporen malträtiert, wie es eben früher häufig geschah und auch heute noch vorkommt.

Arnim Basche, der bekannte Moderator für pferdesportliche Veranstaltungen, schreibt in seiner „Geschichte des Pferdes" über das Reiten: „Im Rahmen der allgemeinen biologischen Erscheinung der Nutzung und Ausnutzung entstanden die spezifisch menschlichen Modalitäten des Umgangs mit Tieren, entstand insbesondere auch das Reiten.

Bei engeren Bindungen zwischen den verschiedenen Tierarten, die dauernd oder zeitweise zum Vorteil beider Partner verlaufen, spricht man von Symbiose.

Da der Mensch generell für den Lebensunterhalt des domestizierten Pferdes sorgt, kann man nicht von Parasitismus sprechen. Es handelt sich bei Pferd und Reiter eher um eine Symbiose – wie sehr es auch reizen mag, manchen Reiter dem das Pferd allein zur Befriedung rückhaltlos vorgetragener Bedürfnisse dient, als einen Schmarotzer des Tieres zu bezeichnen.

Im Reiten gewann der Mensch zum Pferd unmittelbaren Kontakt, das Tier wurde zum Kameraden idealisiert, seine ursprüngliche Nutzung als Fleischlieferant als barbarisch und roh diskreditiert."

Vor nicht langer Zeit war eine Pressenotiz mit folgendem Inhalt zu lesen:

„Ein 36-jähriger Niederländer verbrachte täglich fast 24 Stunden auf dem Rücken seines Pferdes, stieg nur zum Essen, Trinken und zum Gang auf die Toilette ab. Als Polizei und Tierschutzverein einschritten, schlief der exzentrische Junggeselle sogar im Sattel. Der Mann erklärte, jemand habe ihm gesagt, ein Pferd sei nur mit ausführlicher Dressur zu zähmen.

Die Polizei beschlagnahmte des völlig erschöpfte Pferd.

Die „wirkliche" Art der Zähmung, wie er sie gekannt hat und die ihm nun äußerst widerlich in Erinnerung ist, beschreibt Monty Roberts in seinem Buch „Der mit den Pferden spricht".

– „An den Halftern wurden kräftige Stricke befestigt. Jedes Tier wurde an einem Pfosten festgebunden und festgezurrt. Damit war das Pferd schon total verängstigt.

Mit einem beschwerten Sack schlug der Dresseur auf den Rücken und um die Beine. Wenn der Sack auf die Hinterhand fiel und sich um die Hinterbeine wickelte, geriet das Tier in Panik. Es verdrehte die Augen und schlug aus, bäumte sich auf und zerrte am Zaumzeug, als ginge es ums Leben. Es war außer sich vor Furcht, warf sich hin, vor und zurück, versuchte nach allen Seiten auszubrechen, kämpfte um sein Leben.

Hals und Kopf schwollen an, er war ein grauenvoller Anblick. Zweck der Übung war, die Willenskraft zu brechen und jede Gegenwehr im Keime zu ersticken.

Dann wurden die Beine hochgebunden, das linke Hinterbein zuerst. Man schlang ein Seil um die hintere Fessel, zog es straff und band es am Halfter fest.

Das künstlich verkrüppelte Pferd musste nun eine weitere Runde des „Aussackens" überstehen, wodurch seine Widerstandskraft weiter abnahm. Das Tier kämpfte tapfer in seiner bemitleidenswerten Lage. Auf drei Beinen trug es die schwere Last.

Es wieherte vor Schmerzen, denn der Zug auf den Halftern muss mörderisch gewesen sein.

Alle vier Beine wurden reihum hochgebunden. Das „Aussacken" ging immer schneller, da dem Pferd zusehends der Lebenswille genommen wurde.

Als nächstes band man wieder ein Hinterbein hoch und schnallte einen Sattel auf. Der Widerstand erwachte erneut, doch zusätzliches „Aussacken" zermürbte das Tier. Langsam verfiel es in einen Zustand der Teilnahmslosigkeit und wartete auf die nächsten Schmerzen.

Das Fell war stellenweise durch die starke Reibung versengt, und die Fesseln waren blutverschmiert.

Beim ersten Ritt wurde wieder ein Hinterbein hochgebunden, damit es nicht bocken konnte. Der Reiter saß und saß, trat es in den Bauch und versuchte, es auf jede erdenkliche Art und Weise zur Gegenwehr zu reizen. Wenn es sich bewegte, bekam es die Peitsche übergezogen. Das gesamt Verfahren dauerte mindestens drei Wochen, dann war jeder Widerstand gebrochen, und das Tier fügte sich seinem Peiniger." –

Seit frühester Jugend arbeitet Roberts mit Pferden. Seine dabei entwickelte Trainingsmethode ist revolutionierend. Sie besteht aus einem ständigen Dialog, aus einem geduldigen und respektvollen Eingehen auf den Partner Pferd.

Sein Erfolg ist der überzeugende Beweis, dass zwischen Mensch und Tier ein gewaltfreier und friedlicher Umgang möglich ist.

Die frühen Meister der Dressur sahen im Pferd ein Untier; die Unfähigkeit, eine bestimmte Bewegung auszuführen, galt als Beweis der Widerspenstigkeit, die mit Gewalt ausgetrieben werden musste.

Das Reiten wird in unzähligen Büchern behandelt und geschildert, aus allen Zeiten und über alle Zeitabschnitte der Menschheit.

Seit Tausenden von Jahren ist das Pferd der Begleiter des Menschen.

Sehr häufig beschrieben bekannte oder weniger bekannte Autoren auch das für das Pferd schikanöse Reiten, das für unsere Themenstellung eben relevanter ist, als der normale Umgang des Reiters mit seinem Pferd.

Einige Beispiele aus verschiedenster Literatur, ohne den unnötigen Zusammenhang, seien hier ausgeführt:

Satteln

– „Der Blick des gescheckten Wallach war weder böse noch finster. Er schüttelte sich und seufzte schwer. Nestor zog den Sattelgurt fest, obwohl der Gaul versuchte, den Bauch aufzublähen. Nestor steckte ihm einen Finger ins Maul und drückte ihm das Knie gegen den Bauch, so dass der Alte ausatmen musste. Obwohl das Tier wusste, dass sein Protest nichts nutzte, wollte es doch ausdrücken, dass ihm diese Behandlung nicht passte.

Nestor schwang sich auf den Gaul und griff in die Zügel. Der Wallach hob den Kopf, um kundzutun, dass er bereit sei, dahin zu gehen, wohin ihm befohlen würde. Er wusste, dass es erst ein großes Geschrei geben würde." –

Argentinien

– „Patagonische Pferde sind voller Furcht, Misstrauen und Hass. Für den Gaucho ist das Pferd eine Sache. Er hat keinerlei Empfindungen für das Tier. Sein Vergnügen ist lediglich das primitive Gefühl tollen Drauflosjagens und das Tier mit allen Mitteln unter seinen Willen bringen zu können. Das Reiten des Gauchos ist absolut roh. Der schwere Fellsattel erlaubt dem Schenkeln keine Berührung mit dem Pferdeleib. Die Fühlung mit dem Maul ist einseitig, der Reiter fühlt gar nichts, das Pferd um so mehr.

Das Reitgebiss besteht aus einer sehr schweren Kandare mit langen Hebelarmen. Ein paar Sporen, deren Räder die Durchmesser von Untertassen besitzen, bearbeiten die Flanken, die fürchterlich zugerichtet werden. Eine Reitpeitsche, mit der man einen Wolf töten könnte, vervollständigt die Ausrüstung.

Patagonische Pferde sind lediglich Transportmöglichkeiten, die man schnell ersetzen kann. Fällt unterwegs eins um, so lässt man es tot oder halbtot liegen und sattelt ein neues.

Sie sind ausdauernd und genügsam, aber fast immer mager und doch edel." –

(aus „Kamerad Pferd" von Otto Schreiber)

Vereinigte Staaten

Am Ende

– „Der Reiter stieg steif ab und schritt mit klirrenden, riesigen Sporen auf das Haus zu.

Sein völlig abgehetztes Pferd seufzte laut und schwankte schaumbedeckt mit hängendem Kopf und geschlossenen Augen hin und her. Seine Beine zitterten, es war total erschöpft und fertig. Stundenlang war es in wildem Galopp gehetzt worden, ohne Pause, ohne Mitleid.

„Verschwenden Sie kein Mitleid mit dem geplagten Fuchs, er wird sich schon noch an schlimmere Strapazen gewöhnen müssen. Auch für Pferde gibt es eine Hölle", sagte der Reiter." –

Mexico

Des Widerspenstigen Zähmung

– „Er stieß dem gepeinigten Gaul die scharfen Sporen in die weichen Seiten und peitschte ihm mit aller Kraft die nassen Flanken, bis er die Lektion gelernt hatte: Gehorchen, Gehorchen, oder es gab blutige Strafen.

Der arme Gaul sprang in einer Staubfontäne auf. Schaum stand ihm vor dem Maul. Die blutroten Nüstern schnaubten zornig. Sein Hals zitterte, er bäumte sich auf, sprang, stieg vorne und hinten, machte Riesensprünge zur Seite und galoppierte wie verrückt im Kreis. Er rang keuchend nach Luft, dass es wehtat, es mit anzuhören.

Die starken Beine zitterten, und sein glattes braunes Fell war schweißnass. Doch immer mehr musste er einsehen, dass dieser zweibeinige Teufel, der ihm im Nacken saß, ihn beherrschte und er nichts gegen ihn vermochte. Was sollte der arme Gaul da anderes machen, als sich zu unterwerfen und zu gehorchen. Alles andere würde sein Elend und seine Pein noch verschlimmern." –

USA

Der Lebensretter

– „Heftig hin und her geschüttelt flog der Pferdekopf unter dem peinigenden Druck der Kandare.

Der Reiter mühte sich, die Spannkraft des Pferdenackens zu zerbrechen.

Dann ließ er die Zügel schießen, er wusste, an den Pferdebeinen hing sein Leben.

Mit tief eingeschlagenen Sporen suchte er die atemlos schwirrende Schnelligkeit noch zu steigern, und gehorsam gab das arme, gehetzte Tier die letzte Kraft.

Dampfend, schwer keuchend und zitternd stand das Pferd, einen Ausdruck hilfloser Trauer in den Augen und am Maul blutig gesprenkelter Schaum.

Die Arme des Mannes schlossen sich um den Pferdehals, der Farmer schaute tief in die guten, treuen Augen, und etwas von bitterer Beschämung brach in ihm auf. Trotz schmerzlicher Misshandlung hatten die flinken Beine seines Pferdes ihm das Leben gerettet." –

Brasilien

Tod eines Pferdes

– „Die Mestizin spornte das bereits total ermüdete Pferd mit der Peitsche und ihren Fersen an. Noch einmal riss es sich zu einem schnellen Galopp zusammen und raste davon.

„Das Pferde hält es nicht mehr lange aus!" rief er. Erst viel später, als der Atem des Pferdes zu einem unregelmäßigen Keuchen, ja fast zu einem Röcheln geworden war, hielt Felisa das Tier an und stieg ab.

„Ich glaube, es stirbt," sagte sie. „Mein Gott, du hast es zu Tode geritten. Das Blut läuft ihm aus der Nase," sagte Carlos verzweifelt.

In diesem Augenblick brach das Pferd zusammen." –

Russland

Berechtigte Angst

– „Die Pferde hatten Angst vor dem Lockigen. Wenn er zu ihnen trat, hoben sie die Ohren, drängten sich aneinander, als nähere sich ihnen nicht ein Mensch, sondern ein wildes Tier. Grigori beobachtete, wie stets ein wellenartiges Zucken über den Rücken seines Pferdes ging, wie das arme Tier unruhig wurde, wenn sein Herr sich ihm näherte. Dann sattelte er es und ritt los.

Ungeduldig schlug er den Gaul mit der schweren Peitsche auf die Hinterschenkel. Er fiel in einen schnellen Galopp und war bald schaumbedeckt. Es wagte nicht, sein Tempo zu verlangsamen, weil er nichts mehr fürchtete als die furchtbaren Peitschenhiebe." –

Ritt auf der alten Stute

– „Er sattelte die alte Zuchtstute und ritt die steile Wiese hinauf. Die Alte war nicht mehr die Schnellste, doch das war mit der Peitsche auszugleichen. Die Pferdehufe kauten schmatzend den tiefen Schmutz. Die Stute musste ihre letzten Kräfte hergeben, sie hatte in ihrem langen Leben schon viel Entsetzliches erlebt.

Axing sah Pferd und Reiter kommen. Die Stute war inzwischen in einen friedlichen Trab verfallen. Da versetzte Axinga dem nichts ahnenden Tier plötzlich einen heftigen Hieb mit einem dicken Stecken. Die alte Stute erhob sich vor Schreck und Schmerz auf die Hinterbeine und überschüttete Axinga mit Schmutz." –

Wund gescheuerte Rücken
– „Ab und zu ertönte Gewieher, schweres Getrampel und das Ächzen der sich auf der Erde wälzenden Pferde. Die schweren Sättel und die langen Ritte hatten ihre Rücken wund gerieben, das Herumwälzen sollte ihnen Linderung verschaffen.

Grigori trat hinzu und versetzte ihnen kräftige Fußtritte in die Rippen und Leiber, so dass sie sich schnell wieder auf die Beine stellten." –

Im Eis eingebrochen
– „Der Schimmel begann wieder im Trab zu laufen. Der Geruch des Wassers stieg ihm in die Nase. Er stellte die Ohren auf und schielte zu seinem Herrn hinüber.

An sein Ohr schlug plötzlich das Plätschern des Wassers. Er schnaubte wild auf und prallte zurück. Unter seinen Füßen krachte das Eis.

Mit allen Kräften stemmte er sich mit den Hinterbeinen gegen das Eis, doch die Vorderbeine waren schon durchgebrochen, steckten im Wasser. Unter den sich wehrenden Hinterbeinen brach ebenfalls das Eis zusammen.

Das Loch verschluckte das Tier. Sein Herr war längst abgesprungen. Es zuckte noch krampfhaft mit den Hinterbeinen. Dann war Stille." –

Australien

Reiter, Pferde, Hitze und Staub

– „Reiter, Rinder und Pferde litten gleichermaßen unter der sengenden Hitze.

Die Pferde scheuerten sich die speichellosen Zungen und Lippen an den Kandaren auf, das Blut lief ihnen aus den Mäulern. Die feurige Hitze ließ nicht nach und kochte aus Menschen und Tieren die letzte Flüssigkeit heraus und erstickte alles im Staub.

Der Staub setzte sich unter die Sättel und mahlte, bis den Pferden das Sattelleder auf dem rohen Fleisch lag.

Dann wurden die Tiere zum gestreckten Galopp angetrieben und im letzten Augenblick zurückgerissen. Sie stiegen auf, schlugen mit den Schwänzen und rissen die Mäuler auf, um den harten Druck der Kandaren loszuwerden.

Als ihnen am Abend die Sättel abgenommen wurden, bissen sie sich vor Schmerzen in die wunden Stellen. Dann wälzten sie sich wie wahnsinnig auf dem Boden und rasten anschließend hin und her. am nächsten Tag ging das Spiel wieder von vorne los." –

In seinem Riesenepos *„Brasil"* schildert Erroll Lincoln Mys eine Reitszene von einem portugiesischen Siedler:

– „Graciliano stieß seine silbernen Sporen in die nassen Flanken seines Pferdes. Gleichzeitig schlug er mit aller Wucht mit der Pferdepeitsche auf die Kruppe, so dass der Gaul wie wild losraste, als sei der Teufel in seinem Genick. Seine Wut auf den Padre Salvador, der den entlaufenen Sklaven nicht ausliefern wollte, ließ der jähzornige Portugiese jetzt an seinem armen Reittier aus, das er bis zu seiner Ranch nicht mehr zur Ruhe kommen ließ, bis es schweißnass und mühsam nach Luft ringend auf dem Hof stand, wo die Sklaven es absattelten und in ein abgeerntetes Maisfeld trieben, wo es lange mit hängendem Kopf und pumpenden Flanken stehen blieb, ehe es begann, nach spärlichem Futter zu suchen." –

Russland

Die gefährliche Peitsche

– „Das schaumbedeckte Pferd galoppierte über die Stoppeln. Prokofjewitsch ritt ohne Sattel. Aus den Augenwinkeln schielte das Tier unentwegt nach der gefährlichen Lederpeitsche, die er drohend in der Hand hochhielt. Nachdem er vier Stunden pausenlos geritten war, sprang Prokofjewitsch von dem schwer schnaubenden Gaul ab. Die dichtgeflochtene Peitsche fiel auf die Erde. Petro hob sie auf. „Das ist keine gewöhnliche Peitsche, ein Mordsinstrument ist das. Damit kann man einem den Kopf einschlagen!"

Das musste der arme Gaul wohl auch wissen, denn für ihn war sie hergestellt und angeschafft worden." –

Deutschland

Wettlauf mit der Eisenbahn

– „Auf den neuen Eisenbahngleisen ging der wilde Ritt los. Er ritt gestreckt, dicht vor der prustenden Lokomotive. Heizer und Maschinist hielten den Hebel auf Stopp, wenn die Puffer das Schwanzende des Hengstes berührten. Ab er immer stob der geduckte Reiter um einige Längen voraus. Und als der Maschinist mit Kohlebrocken nach vorne warf und ein Stück am Sattel zerplatzte, da prallte der Reiter die Zügel stramm, stieß den linken Sporen wuchtig in den Leib des Hengstes, tauchte am Trittbrett auf und traktierte den Heizer mit der Reitpeitsche. Dann ließ er sie wieder auf den gehetzten Gaul sausen und jagte weiter den Zug voran.

Das Pferd keuchte wie die Lokomotive, bald war es völlig abgetrieben, die Flanken zitterten, und das Fell klebte vom Schweiß. Als er den Wettlauf mit der Eisenbahn vollendet hatte, schnaubte und schüttelte sich der Hengst und ließ ein Wiehern hören, das eher wie ein Weinen klang." –

(aus „Der tolle Bomberg" von Josef Winkler)

Der lästige Reiter

– „Das Reißen im Maul und die Sporen in den Weichteilen des Körpers machten das Pferd wild. Abwechselnd stieg es und keilte nach hinten aus, steckte den Kopf, der von der Peitsche traktiert wurde, tief nach unten und sprang mit rundem Rücken und flatternder Mähne wie beim Rodeo bockend umher. Den Schweif hatte es eingezogen, wie ein Bogen war der Rücken gekrümmt, und immer wieder stieg es auch vorne hoch und ließ sich mit steifen Vorderbeinen wieder herunterfallen.

Der Fuchswallach wand sich unter dem Reiter, er wollte den Druck des Sattelgurtes und das Gewicht auf seinem Rücken unbedingt loswerden." –

Frankreich
Die blinden Pferde

– „Auf einmal hörte man in weiter Ferne Hufschlag. Reiterlose Pferde wurden sichtbar, die merkwürdigerweise ganz plötzlich, wie von panischer Furcht ergriffen, stehen blieben, doch plötzlich in vollem Lauf gegen Stämme und Bäume stießen und sich aufbäumten.

Es waren an die 20 Pferde mit Zaumzeug und Sätteln. Pferde wären sehr nützlich gewesen für das Dorf, das, abgesehen von Kühen, keine Zugtiere besaß. Nun war die Gelegenheit günstig. Man spannte Seile und viele Dorfbewohner betätigten sich als Treiber. Im Licht des Vollmondes erschienen die Pferde, wieder stießen sie gegen alles, was ihnen im Wege stand.

Schließlich gelang es, fünf der Reitpferde zu fangen und ins Dorf zu bringen. Als man am nächsten Morgen den Fang untersuchte, war die Enttäuschung groß. Die Augen der Husarenpferde waren erloschen, mit Nadeln zerstochen. Daher rannten sie also wie verrückt umher und stießen an alle Hindernisse.

Die blinden Pferde wurden mehr eine Last als eine Hilfe. In ihrer

Blindheit hatten sie etwas Furchterregendes an sich, so als wären sie keine wahrhaftigen Tiere.

Diese, als Reitpferde geborenen Tiere waren die schwere Feldarbeit nicht gewohnt, zu der man sie jetzt nötigte. Sie wurden einfach überstrapaziert, wenn sie wie Ochsen schuften mussten, ohne auch nur ihre Peiniger ein einziges Mal sehen zu können. Nur ihre drohenden und schreienden Stimmen kannten und fürchteten sie, genau wie die Stöcke und Peitschen, die unvermutet aus der ewigen Dunkelheit plötzlich auf sie niedersausten, um ihnen „Beine zu machen". Bei der ungewohnten Arbeit hielten sie manchmal jäh inne, wie vom panischen Schrecken gepackt, besonders wenn sich der Klang ihrer Hufe veränderte. Dann wieherten sie vor Entsetzen auf.

Auch die Korngarben ließ man von diesen traurigen Gäulen stampfend dreschen. Wegen ihrer Blindheit brauchte man ihnen die Augen nicht mehr zu verbinden, wenn sie den ganzen Tag im Kreise liefen." –

(aus „Die roten Tücher von Cholet" von Michel Ragon)

USA

Zu Tode geritten

– „Als Spannard von seinem Pferd sprang, brach es zusammen. Die Vorderbeine knickten als erste ein. Dann schlug das Tier mit dem Kopf laut auf den Erdboden und rutschte vorwärts, während Rumpf und Hinterhand folgten. Dann rollte es auf die Seite und sein Herz zuckte ein paarmal krampfhaft. Ein Zittern ging durch den ganzen Körper. Die Beine zuckten selbst im Tod, als müsste der Gaul auch jetzt noch so weiterlaufen, wie er in den letzten 36 Stunden gelaufen war. Schließlich lag er reglos da. Die Augen starrten geradeaus, und an den dampfenden wunden Flanken bildete sich noch immer Schaum.

Aus den Winkeln seines weichen und strapazierten Maules tröpfelte Blut." –

Reitpferde müssen bewegt werden

Natürlich sind in der Regel weder die Sportreiter noch die große Zahl der Hobbyreiter bösartige Sadisten, die ihre Pferde zu Schanden reiten. Der hier in einigen Beispielen geschilderte Umgang mit Reitpferden, ob realistisch oder romanhaft, mag zu den Ausnahmen gehören. Doch machen sich heute die sogenannten Pferdefreunde aus manchmal falsch verstandener Tierliebe oder Unkenntnis des wirklichen Pferdeverhaltens, oft auch aus purer Faulheit, mindestens ebenso vieler Tierquälereien schuldig wie die häufig angegriffenen Sportreiter. Diese Quälereien werden nicht aktiv begangen, sie sind eher passiver Natur und schädigen vor allem die Psyche der Pferde.

Gerade den verwöhnten Privatpferden, die in sauberen Boxen bei bester Verpflegung und ausreichender Fütterung gehalten werden, geht es am schlechtesten.

Sie stehen einfach zu lange im Stall, werden häufig nur eine Stunde am Tag mehr oder weniger fachgerecht bewegt. Bei schlechtem Wetter wird darüber hinaus nur in der Halle geritten, so dass manche Pferde ein Großteil des Jahres nicht aus dem Haus kommen. Solche Pferde verkümmern seelisch und intellektuell, es fehlt ihnen an Abwechslung und neuen Sinneseindrücken. Die Folgen sind oft Stalluntugenden, unter denen das Figurenlaufen und das sogenannte Weben den Bewegungsmangel am deutlichsten anzeigen.

Ersatzhandlungen, zu denen gerade lebhafte Pferde mit ausgeprägtem Laufbedürfnis besonders leicht neigen. Besser haben es da schon die „Verleiher", auch Schulpferde genannt, die täglich mehrere Stunden „gehen" müssen.

Manche Pferde laufen unentwegt in ihrer Box umher und beschreiben dabei immer die gleichen Wendungen, Kreise oder bei genügend Platz auch Achtertouren. Diese stereotypen Bewegungsabläufe kann man auch bei Raubtieren in ihren Käfigen beobachten. Man nennt das „Figurenlaufen".

Sind die Pferde in Ermangelung einer Box angebunden und können sich nicht umdrehen, reagieren sie ihren Bewegungsdrang durch dauerndes Hin- und Hertreten mit der Vorderhand ab, indem sie das Gewicht abwechselnd von einem Bein aufs andere verlagern.

Die manchmal stundenlang praktizierte Hin- und Herbewegung des Kopfes und des Halses erinnert an das Hin- und Herschießen eines Weberschiffchens am Webstuhl und wird daher „Weben" genannt. Dieses Weben wird auch noch fortgeführt, wenn man solche Pferde in eine Box bringt, selbst in Ausläufen ohne Weidemöglichkeit setzen sie diese Untugend fort.

Schon damals zogen die geschundenen Arbeitstiere eine Weide dem Stall vor, und Bauern, die die Möglichkeit dazu hatten, gewährten ihren Arbeitskameraden meistens das Vergnügen, sich ohne Geschirr im Obstgarten hinterm Haus ein bisschen wälzen und scheuern zu können.

Leider haben die meisten Pferdehalter kaum die Möglichkeit, ihren Pferden genügend abwechslungsreiche Bewegung zu bieten, doch sollte man das Beste aus dem Vorhandenen zu machen versuchen.

Auf dem Lande sind diese Probleme verhältnismäßig einfach mit einer Weide oder wenigstens einem Auslauf zu lösen.

Wollen wir unseren Reitpferden was Gutes tun, ist es besser, wir zockeln mit ihnen mehrere Stunden spazieren und legen nur dann und wann einen kurzen Trab oder Galopp ein, als dass wir sie hetzen, weil wir gerade Zeit haben und sie sowieso die ganze Woche faulenzen und im Stall herumstehen.

Berühmte Reitpferde

Neben berühmten Romanpferden wie Cervantes Rosinante oder Karl Mays Rih, gab es auch die berühmten historischen Pferde, wie z.B. das ungewöhnlich Pferd Bukephalos Alexander des Großen. Ein Rappe mit einem weißen Stern mitten auf der Stirn. König Philipp, der Vater Alexanders, hatte es für umgerechnet 30.000 Mark für seinen damals zwölfjährigen Sohn gekauft. Das zuerst wilde und unruhige Pferd wurde von Alexander gezähmt und zugeritten. Er hatte festgestellt, dass der Rappe vor seinem eigenen Schatten scheute, deshalb wendete er ihn zur Sonne und sprang dann leichtfüßig auf seinen Rücken und galoppierte davon.

Bukephalos ließ nur Alexander aufsitzen, und er soll sich sogar hingekniet haben, um ihm das Aufsteigen zu erleichtern. Er trug den Feldherrn bei all seinen Feldzügen und starb im Alter von 30 Jahren an den Wunden, die er in der Schlacht gegen den indischen König Poros am Hydapes davongetragen hatte. Er wurde mit allen militärischen Ehren bestattet, und ihm zu Ehren gründete Alexander eine Stadt, die er Bukephalia nannte.

Es gibt zahlreiche weitere Beispiele von Pferden, die fast genauso berühmt wurden die die Feldherren, die sie trugen. Zu ihnen gehören Napoleons berühmter Schimmel Marengo und der Braune seines großen Gegners Wellington, Copenhagen. Dieses Tier trug seinen Herrn am Tage vor der Schlacht von Waterloo 96 km weit und war am Tag der Schlacht 15 Stunden unter dem Sattel. Wellington soll während dieser Zeit nicht einmal abgesessen haben. Als er dann endlich völlig erschöpft und mit steifen Gliedern von Copenhagen herunterglitt, drückte der Braune seine Erleichterung darüber aus, indem er kräftig mit beiden Hinterbeinen ausschlug und Wellingtons Kopf nur knapp verfehlte. Auch dieses Pferd erreichte ein hohes Pferdealter. Als es mit 28 Jahren starb, trauerte nicht nur Wellington, sondern die gesamte englische Nation.

Auch dieses Pferd wurde mit allen militärischen Ehren beigesetzt.

Wellington sagte über sein Pferd: „Ich habe es nie geschafft, ihn bis zum Äußersten zu fordern."

Als der spanische Eroberer Hernando Cortez auf einem seiner Forschungszüge von Mexiko aus in das Gebiet von Guatemala kam, war für die dort lebenden Indianer sein riesiges Pferd El Morzillo die Hauptattraktion. Pferde waren den dortigen Eingeborenen völlig unbekannt. Da sich El Morzillo auf dem Marsch verletzt hatte, konnte ihn Cortez nicht wieder mit zurücknehmen, und er überließ das Pferd den Indianern.

Als einige Jahre später Franziskanermönche auf ihrer Missionsreise die Indianer dort besuchten, staunten sie über eine riesige Pferdestatue im Bethaus der Eingeborenen. Das Pferd saß aufrecht mit nach vorn ausgestreckten Vorderbeinen. Die Indianer berichteten, dass Einwohner aus allen Richtungen zu ihnen gekommen seien, um das große Pferd des Cortez zu sehen und ihm seine Verehrung zu bezeigen. Sie brachten ihm Opfergaben in Form von Fleisch und Blumen.

El Morzillo, das Pferd des Konquistadors Cortez, wurde zu ihrem Gott des Donners, Blitzes und Regens erkoren.

Das Pferd starb, aber der Gott blieb in Gestalt der Statue bei ihnen. So kam der Pferdegott nach Amerika.

Auch das Reich der Götter und Dämonen unserer europäischen Vorfahren war von unzähligen Pferden belebt. Sie waren oft selbst Götter oder dienten ihnen. Sie zogen den Sonnenwagen, sie trugen die Geister im Gefolge des Gottvaters, der ihnen auf den donnernden Hufen des achtfüßigen Sleipmir voranritt.

Mit Pferden wuchsen Menschen zu übermächtigen Wesen zusammen, wie sie uns als Zentauren in den Sagen des Orient ebenso begegnen wie in den germanischen Heldensagen.

Götter und Geister erwählten den Pferderücken als Thron, von dem aus sie die Welt und die Menschen regierten. Das Flügel tragende Ross wurde zum Symbol der Dichter. Göttliche Erleuchtung wie dämonische Drohung, übermenschliche Geduld, unfassbare Urangst wie schäumenden Siegeswillen: das alles erkannten die Menschen einst in den Pferden.

Das Pferd war eine Persönlichkeit, die er achten musste. Er konnte es nicht beherrschen mit seiner Kraft. Es schmeichelte nicht wie der Hund. Seine Liebe musste er umwerben.

Leider geschah das immer mehr mit Gewalt und Grausamkeit. Peitsche, Sporen und Kandare wurden zu den wichtigsten Hilfsmitteln.

Aus dem angebeteten gottähnlichen Tier wurde ein oft unterdrückter und unterjochter Sklave, der dem Menschen Jahrtausende lang treu zu Diensten war.

Tragen von Lasten

Packpferde wurden überall in der Welt eingesetzt, wo es bergiges Gelände und nur wenig gute Straßen gab.

Steine, Kohle, Blei, Erde, Eisenerze, Salz und fast alle landwirtschaftlichen Erzeugnisse wurden auf die Packsättel geladen.

Mit einer Packlast von ca. 100 Kilogramm legten Ponys in schwierigem bergigem Gelände durchschnittlich 380 Kilometer pro Woche zurück.

Die Shetlands, die kleinsten englischen Ponys, wurden als Packtiere für Seetang und Torf verwendet und arbeiteten außerdem noch bei Kleinbauern in der Landwirtschaft.

Natürlich kennen wir mehr den Esel oder das Maultier als Träger von Lasten, aber auch das Pferd, besonders der kurzbeinige starke Typ mit breitem, langem Rücken eignete sich genauso gut für diese Arbeit.

Die Packpferde sahen oft ziemlich gewöhnlich aus, waren aber in unwegsamen Gelände von unschätzbarem Wert.

Pferde werden beladen

– „Die Pferde standen stundenlang inmitten all des Lärms und flatterten mit den Ohren, um die Pferdebremsen zu vertreiben.

Ihre Herren banden die Travois-Stangen an ihren Flanken fest und wuchteten den so schon überlasteten Tieren zusätzliches schweres Gepäck auf den Rücken.

Grunzend, brüllend und fluchend warfen sie die Lasten auf die Rücken der Tiere. Dann stemmten Sie einen Fuß in die Flanken eines Pferdes und zerrten die breiten Riemen so fest, bis sie so eng saßen wie Damenkorsetts.

Sie banden die Schwanzriemen der Packsättel unter den Pferdeschwänzen fest, um die Ladung zu stabilisieren, damit sie nicht nach vorn glitt. Diese Schwanzriemen schnitten den Tieren grausam ins Fleisch, und viele von ihnen bluteten." –

Das Pferd in der Stierkampfarena

Im römischen Zirkus fanden auch die Gladiatorenkämpfe zu Pferde statt, und Reiter kämpften gegen alle möglichen Tiere, von Stieren bis zu Elefanten.

Auch die Griechen haben vom Pferderücken aus gegen Stiere gekämpft.

Vor diesem griechisch-römischen Hintergrund hat sich der Stierkampf auf der Iberischen Halbinsel, in Spanien und in Portugal entwickelt.

Wahrscheinlich haben auch einige der amerikanischen Rodeodisziplinen denselben Ursprung, da auch sie zum Teil auch iberische Traditionen zurückgehen.

Beim spanischen Stierkampf ist der Torero zu Fuß, und die bedauernswerten Pferde spielen nur eine Nebenrolle.

In Portugal, wo der Stier nicht getötet wird, kämpft der Rejoneador auf einem ausgezeichnet geschulten Pferd, dessen Bewegungen als Dressur im Galopp zu bezeichnen sind, gegen den Stier.

Niemand hat das Los der Stierkampfpferde so eindrucksvoll und kompetent geschildert wie Ernest Hemingway in seinem Buch „Tod am Nachmittag".

Der weltberühmte Schriftsteller, Nobelpreisträger, selbst Stierkämpfer, was er in den Arenen Spaniens und Mexikos erlernt, und der sich als Repräsentant des männlichen Humanismus bezeichnete, schrieb unter anderem über die beim Stierkampf eingesetzten Pferde:

– „Pferde haben eine solche Angst vor Stieren und sind von einer derartigen Panik erfasst, dass man sie kaum noch meistern kann. Für den Picador ist ein altes müdes Pferd am nützlichsten. Es muss alt oder erschöpft sein. Daher werden die für den Stierkampf vorgesehenen Tiere am Morgen vor der Veranstaltung von den Arenadienern bis zur völligen Erschöpfung geritten. Das Pferd braucht zu etwas anderem nicht mehr tauglich zu sein, muss aber fest auf den Beinen stehen und sich leicht handhaben lassen.

Ein beim Kampf schwer verletztes Tier zu töten, weigern sich die Picadores. Das Publikum muss sie oft zwingen, hier barmherzig zu sein. Es soll, um Geld zu sparen, bei lebendigem Leibe wieder ausgestopft werden. Sechsunddreißig Pferde müssen für jeden Kampf gestellt werden. Viele von ihnen kennen den Stierkampf und zittern vor Angst, wenn sie in die Arena kommen. Meist sind es alte Schindmähren, deren Körper zwar völlig verbraucht, deren Geist aber durch langjährige Erfahrung hellwach ist. Sie wissen genau, was auf sie zukommt. Doch die Picadores haben hierfür keine Gedanken. Brutal wird der schwere Sattel aufgeworfen. Und wenn dann die messerscharfen Sporen die weichen Flanken bearbeiten, überwiegt der Schmerz die Angst, und die Gäule tun alles, was man von ihnen verlangt.

Und so sieht man am Nachmittag den Picador herausreiten, und wenn das Pferd aufgeschlitzt wird und man es nicht tötet, sondern zurechtflickt, damit es noch einmal in den Kampf geschickt werden kann, können Sie sicher sein, dass der Arenadiener für jeden Gaul eine projena bekommt, wenn er ihn lebendig aus der Arena bringen kann, statt ihn barmherzig zu töten.

Arenadiener sind überaus grausam und brutal. Sie haben eine Begabung, Pferde zu quälen, wie sie andere Menschen selten besitzen. Zu ihren Gürteln tragen Sie breitschneidige Messer, mit denen sie jedem Pferd den Gnadenstoß geben können, wenn dieses schwer verletzt ist.

Ich habe nie gesehen, wie sie ein Pferd getötet haben, dass sie noch mit Ach und Krach auf die Beine bringen konnten. Solche Pferde werden bei lebendigem Leibe ausgestopft und zwar so, dass sie noch einmal in die Arena geschickt werden können.

Für den Matador ist es günstig, wenn der Stier das unge-schützte Hinterteil der Pferde durchbohrt, und wenn er diesen damit ermüdet. Da diese Wunden am Hinterteil niemals tödlich sind, wird das selbe Pferd wieder und wieder hereingebracht.

Die Wunde wird zwischen zwei Stierkämpfen genäht und abge-waschen.

Der empfindliche Pferdeleib ist heutzutage nämlich durch eine Art Matratze geschützt, das Pferd kann hier nicht mehr aufge-schlitzt werden. Nur Kopf, Hals und Hinterbacken sind unge-schützt. Wenige Pferde werden daher noch getötet, aber fast alle werden am Hinterteil oder zwischen den Beinen verwundet. Die scheinheilige Vorspiegelung, die Pferde zu schützen, bedeutet viel mehr Leiden und Pein als der frühe Tod durch den Stier. " –

Hemingway sagt, dass er kein Pferd auf der Straße habe hinstürzen sehen, ohne gezwungen zu sein, ihm zu helfen. Oft habe er dann Planen ausgespannt und hätte alles versucht, das Pferd wieder auf die Beine zu bringen.

Aber in der Arena fühle er überhaupt kein Entsetzen, wenn er sehen würde, was dort den Pferden zustieße. Sogar manche Frau-en würden das Aufschlitzen der Pferde regelrecht genießen.

Hemingway führt aus, dass er zwei Gruppen von Menschen erkenne, die eine, die sich mit Tieren, die anderen nur mit Menschen identifiziere.

Die Tatsache, warum der schändliche Tod eines so edlen Tieres manche Menschen in der Arena kaum oder gar nicht berühre sei der, dass der Tod eines Pferdes so komisch anzusehen wäre, der des Stieres aber tragisch. In der Tragödie des Stierkampfes sei das Pferd die tragischen Figur. Je schlechter die Pferde seien, desto komischer der Anblick. Wie Störche sähen sie aus, wenn der Stier sie hochgehoben hätte und ihre Beine in der Luft baumelten, bei gesenkter Kruppe und ausgemergeltem Körper.

Die Tragik sei allein darin begründet, dass eben solche armen Tiere zur Verwendung ausgesucht worden seien.

Sie glichen einem Pelikan, wenn die Plane über ihren Körper, ihre langen Hälse und Beine und ihre seltsam geformten Köpfe ausgebreitet sei.

Hemingway führt weiter aus:

– „Das Komische, dass mit diesen armen Kreaturen geschieht, ist das mit ihren Eingeweiden, als noch nicht die „Matratze" den weichen Leib schützte. In einer steifen, altjüngferlichen Art galoppiert das arme Tier durch die Arena und schleift die Eingeweide hinter sich her. Wer sich aufrichtig mit Tieren identifiziert, wird entsetzlich leiden, mehr als das Pferd.

Bei einer Bauchwunde nämlich tritt der Schmerz nicht sofort auf, sondern später, wenn die Blähungen einsetzen." –

In seinem Buch „ Fanfaren der Angst" berichtet der spanische Autor Angel Maria de Lera von den Stierkämpfen, die nicht in den großen Arenen von Madrid oder Valencia stattfinden, sondern auf den Festplätzen namenloser, kleiner Dörfer, unter glühendem Himmel und in ausgelassenem Trubel der Dorffiesta.

Hier ein kleiner Auszug:

– „Die langen runden Hörner und der eisenharte Schädel des Stieres prallten gegen den Bauch des Pferdes. Der Hengst wurde hochgehoben. Der Schmerzensschrei ihres Pferdes klang ihr in den Ohren. Wie ein Sack warf der Stier den Fuchs über seine Schulter nach hinten. Das Pferd fiel und versuchte verzweifelt, wieder auf die Beine zu kommen. Das helle Wiehern ging bald in durchdringende Entsetzensschreie eines sterbenden Pferdes über. Bebend vor Grauen sah sie, wie ihr Pferd aufgespießt wurde." –

Geritten wurden die abgetriebenen und verbrauchten Pferde von den Picadores, die im zweiten Durchgang der Corrida de toros den gegen das Pferd anstürmenden Stier durch einen Lanzenstich zwischen die Schulterblätter abzuwehren haben. Früher wurden diese Pferde zu Tausenden aus den Vereinigten Staaten nach Spanien eingeführt. Da sie zu sonst nichts mehr taugten, kosteten sie pro Stück nur ein paar Dollar.

Seit vielen Jahren kämpfen Tierschützer gegen die barbarische Tierquälerei in den Stierkampfarenen, nicht nur gegen den Barbarismus, der sich gegen die Stiere wendet, sondern auch gegen die Torturen, die hier den Pferden zugefügt werden.

Das Pferd im Krieg: In der Antike, Mittelalter und Neuzeit

Die hoch entwickelte Pferdezucht der Nomadenvölker der eurasischen Steppen und die Verwendung der Trense und die Vervollkommnung des Steigbügels schufen mit dem Streitross und dem Reiterkrieger einen politischen Machtfaktor ersten Ranges. Bei den Ägyptern und Griechen war das Pferd zunächst nur Zugtier.

Die homerischen Helden ritten nicht in die Schlacht, sondern kämpften von einem Streitwagen aus, der von zwei Pferden gezogen wurde.

Dann aber wurde das Reittier Pferd immer mehr zum wichtigsten Kriegsmaterial aus Fleisch und Blut, über Jahrtausende hinweg, bis es in den letzten 100 Jahren immer mehr von solchen aus Stahl und Eisen abgelöst wurde. Ob Perser, Ägypter, Griechen, Römer oder Nomaden aus südostasiatischen Steppen, die in großen Reiterhorden Europa und Asien heimgesuchten und ungezählte Völker unterwarfen auf dem Pferderücken saßen, oder später die Ritter in ihren schweren Rüstungen, ohne das Pferd war ein Krieg eine Schlacht oder ein kurzer Kriegszug nicht denkbar.

Reiterheere bestimmten das Kriegsgeschehen. Kriege, wie die Friedrich des Großen oder Napoleons wären ohne Pferde genauso wenig denkbar wie die Schlachten Alexanders, Caesars, Hannibals etc. Das Kriegs- oder Schlachtross bestimmte zusammen mit seinem Reiter die Weltgeschichte, die ohne das Pferd mit Sicherheit einen anderen Verlauf genommen hätte. Bis zum Zweiten Weltkrieg einschließlich, und hier in besonders großer Zahl, trotz der motorisierten Armeen, wurden Pferde eingesetzt.

Viele werden nicht wissen, dass deutsche Kavallerie es war, die zuerst die Seine im Frankreichfeldzug überschritt.

Sowjetische Kavallerie spielte eine besonders entscheidende Rolle in der Schlacht um Moskau und bei der Einkreisung der 6. Deutschen Armee bei Stalingrad.

Im Herbst 1942 ritt die italienische Kavallerie schneidige Attacken am Don, während die polnischen Reiterattacken gegen deutsche Panzer 1939 wohl die spektakulärsten waren.

Selbst die hoch motorisierten Amerikaner versuchten auf den Philippinen mit einer großen Kavalleriebrigade die japanischen Invasoren ins Meer zurück zu drängen. Von diesen Pferden des Zweiten Weltkrieges, die furchtbare Strapazen ertragen mussten und fast alle umkamen, soll hier die Rede sein. Kamerad Pferd im Zweiten Weltkrieg, im größten und schrecklichsten Krieg der Menschheitsgeschichte.

Zuvor noch eine kurze Schilderung einer Reiterschlacht aus alter Zeit, die sich so oder ähnlich auf jedem damaligen Kriegsschauplatz abgespielt haben könnte.

Reiterschlacht – damals

– „ Und und dann sah ich die Kavallerie. Es begann wie Donnergrollen, wie ein Sturm, man fühlte die Erde beben. Es war ein furchteinflößendes, ein ungeheuerliches Ding, dass auf uns zukam. Vielköpfig, vielbeinig, ein Monster aus flatternden Mähnen, dampfenden, keuchenden, sich spannenden Flanken und gebleckten Zähnen.

Die Pferde stürzten, und die Reiter flogen über ihre Köpfe. Mit zersplitterten Knochen, von schwingenden Hufen getroffen, prallten sie auf, überschlugen sich zusammen mit den schreienden Tieren. Ein lebender Berg der Verstümmelung und der Qualen. Flüchtig streifte mein Blick gelbe Pferdezähne, heraushängende Zungen und kläglich blickende Augen.

Über mir sah ich den Bauch eines Gaules, seine Flanken aufgerissen von den Spuren der gepanzerten Füße. Die Körper unserer toten oder verletzten Pferde waren zu zahllosen Haufen gestapelt. Die Reiter, die von feindlichen Lanzen verschont geblieben waren, wurden von den Leibern der Pferde zerquetscht.

Einige Pferde scheuten und schleiften ihren Reiter, dessen Fuß im Steigbügel hing, hinter sich her. Weißer Speichel hing von den Kandaren der sabbernden Gäule. Reiterlose Pferde rappelten sich wieder hoch und rasten mit schleifenden Zügeln und schwingenden Steigbügeln davon." –

Die österreichische Schriftstellerin und Kämpferin für den Frieden, Bertha von Suttner, schrieb 1889 das Aufsehen erregende Buch „Die Waffen nieder".

Nicht nur die Menschen in den Kriegen hatten es ihr angetan, sie war auch eine große Tierfreundin. Hier eine kurze Episode aus eben diesem Buch. Die Begebenheit stammt aus dem preußisch-österreichischen Krieg von 1866, in dem Reiterschlachten, wie vorhin geschildert, schon mehr der Vergangenheit angehörten, und Kanonen und Gewehre den Ausgang einer Schlacht bestimmten.

Das Artilleriepferd

– „Nur mit äußerster Anstrengung, schweißtriefend und von den erbarmungslosen Schlägen angefeuert, kommen die Pferde von der Stelle.

Ein todmüdes kann nicht mehr. Das Schlagen hilft nichts mehr, es wollte ja, es kann nicht.

Die Hiebe hageln auf den Kopf des Tieres. Der Kanonier waltet seines Amtes. Das konnte aber des ermattete Tier nicht wissen; das geplagte, gutmütige, edle Geschöpf, das sich bis zu seiner äußersten Lebenskraft anstrengt, – wie musste es über solche Härte und Unverstand denken?

Mit Empfindungen. Es hat geschrien, jenes arme Ross, als es endlich zusammensank – einen Schrei, so lang gedehnt und klagend, dass er lange in den Ohren klang. Eines von 100.000 Artilleriepferden." –

– „Ach, ich muss die ganze Zeit an Polen denken. Ich komme einfach nicht davon los. Ich merke, dass ich älter werde, früher hätte ich … na ja, das ist auch wieder nicht wahr. Ich erinnere mich noch genau, 14/18 machte mir der Gedanke an die Pferde zu schaffen. Das ist heute besser, sie setzen jetzt mehr Panzer ein."

„Nein, nein, sie setzen noch immer Pferde ein. Vorgestern wurden hier im Hafen in Nr. 11 Dutzende von Pferden wegen der Mobilmachung untergebracht. Ich denke, dass du sie gleich Wiehern hören wirst. Es sind also auch jetzt durchaus Pferde bei dabei …"

„Bestimmt weniger als 14/18. Damals gab es entsetzlich viele Pferde auf dem Schlachtfeld, wirklich entsetzlich viele, die armen Tiere. Weißt du, dass Menschen Krieg führen, ist auch unerträglich, aber die wollen es so, doch die Pferde … wenn du sie auf dem Foto siehst, bricht dir das Herz. Weißt du, die Jungen wollten unbedingt ins Feld. Damals sah man auf den Fotos in den Zeitungen nur lachende Gesichter. Alle diese Jungen drängte es geradezu, irgendwo, weit weg von zu Hause, einen Arm oder ein Bein zu verlieren oder im Morast zu verbluten, aber meinst du etwa, dass auch nur ein Pferd Krieg führen wollte? Es gibt kaum ein schreckhafteres Tier als das Pferd.

Wenn eine Feldmaus vorbeihuscht, ist es schon bis zur Fütterung am Abend außer sich. Mit einem solchen Tier zieht man doch nicht auf das Schlachtfeld, das ist fast noch verbrecherischer als der Krieg selbst. Eine Kuh dagegen kann viel mehr vertragen, oder ein Ochse oder notfalls ein Koppel Bluthunde, aber Pferde …"

Vor Nummer 11 blieben Vater und Sohn eine Zeit lang stehen. „Ich höre nichts," sagte der Vater enttäuscht.

„Ich wohl," sagte der Sohn, „aber nicht gerade Wiehern." –

(aus Maarten't Hart „Die Netzflickerin")

Im Zweiten Weltkrieg

2,7 Millionen Pferde, große und kleine, Warm- und Kaltblüter, zogen 1939 für Führer und Vaterland in den Zweiten Weltkrieg; erheblich mehr als im Ersten Weltkrieg, damals waren es „nur" 1,4 Millionen Vierbeiner, die eingezogen wurden.

Wochenschau und andere Medien widmeten diesem Pferden keine große Aufmerksamkeit. Man sprach von unseren vollmotorisierten Verbänden, und diese bemühte man sich auch in den Filmen der Wochenschauen und auf den Fotos in Zeitungen, Illustrierten etc. zu zeigen.

Neunzehn Nationen waren es, die in diesem Krieg zum letzten Mal in der Geschichte ihr Kriegsglück auf dem Rücken der Pferde oder durch Einsatz deren Zugkraft suchten.

Vom Elend einiger dieser Kriegspferde, stellvertretend für viele andere soll hier die Rede sein. Reiter, Fuhrleute oder Fahrer, wie man im Krieg sagte, Pferdepfleger, alles Männer, die direkt mit dem „Kriegsmaterial" Pferd zu tun hatten, sollen hier zu Worte kommen und von den Strapazen und dem Leid ihrer Kriegskameraden berichten.

50 Millionen Tote forderte der von Hitler angezettelte Krieg. Millionen von Pferden wurden ebenfalls Opfer dieses Krieges. Von keinem Wehrmachtsbericht erwähnt, aber auch in der Nachkriegsliteratur, Bildbänden, Sachbüchern und Romanen nur manchmal ein kaum erwähnenswertes Randthema.

Polnischer Reiter gegen deutsche Panzer

Die erste Kavallerieattacke des Krieges wurde am 1. September 1939 von etwa 250 Pferden und Reitern gegen eine deutsche Panzerkolonne geritten.

Ein Hagel von Feuersalven empfing die polnischen Reiter, und ehe es ihnen gelang, die rasenden Pferde zu wenden, begann das

Gemetzel. Die getroffenen Tiere stürzten zu Boden, andere gingen durch und schleiften die getroffenen Reiter im Steigbügel mit. Andere rasten mit schleifenden Zügeln über die Äcker davon.

Die polnische Kavallerie war natürlich völlig machtlos in einem Krieg, in dem die Panzer die Herren der Schlachtfelder waren.

Immer wieder griffen die polnischen Kavallerieregimenter verzweifelt mit Bajonetten, Pistolen und Säbeln die in ihr Land eindringende Wehrmacht an und wurden meist nach blutigen, schweren aber völlig ungleichen Kämpfen und stärksten Verlusten zurückgeschlagen.

Der bekannte polnische Oberst, spätere General Komorowski, der später beim Warschauer Aufstand Kopf der Widerstandsbewegung wurde, berichtet über die Lage der noch verbleibenden letzten Kavallerieeinheiten:

– „Die Munition geht zu Ende, wir können sie nicht mehr ergänzen. Sie reicht höchstens noch für ein Gefecht. Die Qual des langen Reitens macht sich bemerkbar. Das Gesäß brennt, Knie- und Fußgelenke sind eingeschlafen, das Kreuz schmerzt. Den Pferden geht es nicht besser. Tagelang schleppen sie nun schon das Gewicht des Sattels und des Gepäcks auf ihren schweißgetränkten Rücken, selbst während der Nacht und der Marschpausen werden sie es nicht mehr los.

Die langen und unaufhörlichen Märsche in glühender Sonne, das karge Futter und die wenigen Marschpausen verbrauchen die letzten Kräfte der Pferde. Reihenweise verlieren sie die Hufeisen, viele von ihnen lahmen bereits. Pferde und Reiter sind zu Tode erschöpft." –

Schlachtenlärm übertönte oft die Schreie der verletzten Tiere. Immer mehr Pferde irrten mit leerem Sattel durch das Kampfgebiet. Oft waren sie tagelang ohne Futter und Wasser. Als die polnische Hauptstadt Warschau kapitulierte, sah man die Ulanen in langen

Kolonnen auf ihren abgemagerten Pferden zu den Gefangenensammelstellen reiten. Als die Reiter ihre Waffen abgaben und Gefangene wurden, zogen die herrenlosen Pferde treu und brav hinter ihnen her. Die polnische Kavallerie hatte kapituliert und aufgehört zu existieren.

Nirgends zeigte sich die Absurdität des Polenfeldzuges deutlicher als in der tödlichen Kavallerieattacke in der Tucheler Heide, als die polnische Einheit hoch zu Ross gegen deutsche Panzer anritt.

Der russische Feldzug der Pferde

Während im Westfeldzug, in Holland, Belgien und Frankreich sowie ebenfalls im Balkanfeldzug von allen Kriegsgegnern Pferde eingesetzt wurden und Kavallerieeinheiten mit mehr oder weniger Erfolg ihre Attacken ritten, war mit dem Russlandfeldzug, dem Unternehmen Barbarossa, das am 22. Juni 1941 begann, die Zeit der berittenen Einheiten fast vorbei.

Neben den 3 Millionen Soldaten, 600.000 Fahrzeugen, 3.500 Panzern und 7.000 Geschützen rücken auch 750.000 Pferde in Russland ein.

Sie werden als Artillerie-, Tross- oder Tragtiere verwendet. Nur noch ein kleiner Teil davon sind berittenene Einheiten.

Auf Seiten der Roten Armee bestehen noch große Kavallerieeinheiten, die überwiegend aus den bekannten Don-Kosaken bestehen.

Noch mehr Reiterbrigaden bevölkerten die russischen Steppen, als Ungarn am 27. Juni 1941 der Sowjetunion den Krieg erklärte und mit seinen Husaren in den Kampf eingriff.

Im September begann der große Regen. Jetzt machte der dicke und zähe Schlamm den Reit- und Zugpferden das Leben zur Qual. Doch war dies erst der Vorbote der großen Schlammperiode.

Die Bespannungen hatten die größten Verluste, denn die deutschen Pferde konnten die Lebensverhältnisse auf russischem Boden schlecht vertragen.

Aber auch was ein Reitpferd leisten musste, war enorm. Reiter und alle notwendigen Dinge wogen etwa 150 kg. Bald waren alle Straßen ein einziger Morast, und dazu kam bald eine eisige Kälte.

Im Oktober fiel dann der Schnee, die Fahrzeuge versanken jetzt bis zur Achse im Schnee. Das führte zu einem riesigen Verbrauch und einer totalen Erschöpfung und Abgekämpftheit der Tiere. Auch litten sie unter der kalten Witterung. Jetzt mussten die Pferde auch vor die steckengebliebenen Motorfahrzeuge, um sie aus dem Dreck zu ziehen. Dabei gab es oft, besonders für die treuen, abgekämpften Vierbeiner wahre Tragödien.

Doch die ergreifendste Pferdetragödie des Zweiten Weltkrieges spielte sich am Ladoga-See ab.

Tragödie am Ladoga-See

Finnische Bataillone griffen den Rücken und die Flanke der eingeschlossenen Sowjetarmee an. Zwei Tage nachdem die russischen Truppen das Seeufer erreichten, waren sie nicht nur von den Finnen umzingelt, auch der Urwald an der einen Seite brannte.

Die Finnen sperrten sämtliche Fluchtwege ab und schossen mit allem, was sie hatten, auf die Feuerwand.

Abertausende von Pferden, völlig wild geworden, rannten der ebenfalls wild gewordenen Feuersbrunst entgegen, nicht mehr auf die MG-Serien achtend.

Mit herzzerreißendem Geschrei, in Flammen gehüllt, durch Schmerzen wahnsinnig geworden, rannten sie als brennende Fackeln hin und her, bis sie am lebendigem Leib verbrannten. Einige Tausend, die durch den Brand erschreckt wurden, rasten in Richtung See. Eine Flut von Pferdeleibern stürzte in den Ladoga-See. In dem eiskalten Wasser suchten diese zu Tode erschrockenen Tiere Rettung. Bald schwebte über diesen zusammengeferchten Tiermassen eine Dunstwolke, die beim eintretenden Abendfrost die vor Todesangst bebenden Pferde mit einer Eiskruste bedeckte.

Als die Finnen am nächsten Morgen sich durch die verbrannte Gegend wagten, um die Lage zu beobachten, erstarrte ihnen das Blut in den Adern. Der See sah aus wie eine weiße Marmorplatte, auf die man Hunderte und Aberhunderte Pferdeköpfe gestellt hatte. Sie sahen aus, als hätte man sie abgetrennt. Nur eben diese Köpfe waren zu sehen. In den weit geöffneten Augen stand noch das Entsetzen.

Der russische Winter

Schlimm für Reiter und Pferde wurde dann der schlimme russische Winter als die Temperaturen bis zu 40 Grad unter Null sanken.

Diesem Kälteeinbruch war das deutsche Heer nicht gewachsen. Panzer, Maschinenwaffen und Funkstellen fielen aus. Genau wie die Soldaten, die mehr Ausfälle durch Erfrierungen hatten als im Kampfeinsatz, litten in auch die Pferde unter der ungewohnten Kälte.

Hafer gab es schon lange nicht mehr und das Stroh der Katendächer stillte den Hunger nicht, machte nur krank. Die Tiere brachen zusammen und verendeten reihenweise.

Die kleinen zähen und zotteligen Pferde der Russen besaßen dagegen eine besondere Fähigkeit zum Überleben und unglaubliche Kraftreserven, sogar wenn sie nichts anderes zu fressen bekamen als das vermoderte Stroh der Dächer und die Zweige der Nadelbäume.

Vielen ist sicherlich auch nicht bekannt, dass sowjetische Reiterverbände, Don-Kosaken und Kuban-Kosaken, zusammen mit Panzerverbänden mit dazu beigetragen haben, die 6. Deutsche Armee einzukreisen und 260.000 todgeweihte Soldaten zusammen mit ihren 50.000 vierbeinigen Kameraden im Kessel von Stalingrad ihrer Vernichtung preiszugeben. Vorher war die 3. Russische Armee vernichtend geschlagen worden, 75.000 Mann, alle schweren Waffen und 34.000 Pferde waren verlustig gegangen.

Im Verlauf des russischen Winters 1942/43 ging ein beträchtlicher Teil der deutschen Pferde an Entkräftung und an Futtermangel ein.

Das große Pferdesterben begann jedoch erst, als sich die Verhältnisse hinter den Winterstellungen schon gebessert hatten, und die Tiere auch wieder einigermaßen Futter bekamen. Da erst zeigte sich, wie sehr die Pferde entkräftet waren. Sie waren so schwach geworden, dass sie das Futter kaum noch verdauen konnten. Die Schlammperiode wurde für die Tiere die reinste Hölle.

Aber auch die zähen Pferde der Kosaken, die einiges mehr gewohnt waren als ihre deutschen Kollegen, litten jetzt unter der Kriegseinwirkung und den katastrophalen Witterungverhältnissen.

Eines der größten Pferdeschlachthäuser wurde der zugefrorene Don. Zwei- bis dreitausend Pferde mussten ihr Leben auf dem Fluss lassen. Viele hatten auf dem Eis ein Bein gebrochen, waren von Kugeln oder Granaten getroffen, andere vor Krankheit, Ermüdung oder Hunger eingegangen.

In kleinen Gruppen kamen die Bewohner von Rostow auf den vereisten Fluss und schlugen mit Beilen die steif gewordenen Glieder ab. Die schönen Pferdes zerbrachen wie Marmor unter den Schlägen der Äxte.

Einsatz gegen Partisanen und eine „deutsche" berittenene Kosakendivision

Wo Panzer und automatische Waffen auftauchten , waren natürlich die Reiter leicht verwundbar. Daher sollte die Kavallerie in der Hauptsache die feindliche Infanterei angreifen, was auch häufig mit Erfolg gelang. Deutsche Kavallerieregimenter wurden jetzt immer häufiger zur Bekämpfung von Partisanen eingesetzt, wobei man Spähtrupps bildete, die bei Einbruch der Dunkelheit weit ins Hinterland ritten. Noch in der gleichen Nacht wurden die Pferde wieder zurückgebracht, wobei sie Reisig hinter sich herschleppten, um die Spuren zu verwischen. Die Spähtrupps blieben dann einige Tage an einer Erfolg versprechenden Stelle, gut getarnt auf der Lauer, um von dort vorbeiziehende Partisanen zu bekämpfen.

Mitte Dezember 1942 wurde von deutscher Seite, und zwar von Major Stauffenberg, der später das Attentat auf Hitler verübte, eine berittenene Kosakendivision, auch „Hiwis" (Hilfswillige) genannt, aufgestellt. Etwa aus 15.000 Kosaken bestand diese Division.

Kleine struppige, aber unbeschreiblich zähe Pferde, die trotz ihrer Hässlichkeit von ihren Reitern sehr geliebt wurden. Sie dachten immer erst an ihr Pferd und dann an sich selbst. Sie besorgten ihnen immer eine leidlich brauchbare Unterkunft oder windgeschützte Ecke, und irgendwo in den zerstörten Dörfern fanden sie auch noch Futter für ihre Tiere. Sie teilten das Letzte mit ihren Gäulen. Diese Kosaken wurden später auch gegen Titos Volksbefreiungsarmee in Jugoslawien eingesetzt.

Sogar in Frankreich unterstützten sie SS- und Polizeiverbände bei der Bekämpfung von französischen Widerständlern, wobei sie durch ihr brutales Vorgehen auffielen.

Die Pferdetragödie auf der Krim
Seit der Räumung des Kuban-Brückenkopfes im Oktober 1943 wurde die Halbinsel Krim die strategische Schlüsselstellung im Zentrum des Schwarzen Meeres. Bis zum Mai 1944 wurde die wichtige Festung Sewastopol gehalten, dann erteilte Hitler den Räumungsbefehl.

Nun wurde die Bucht von Sewastopol zu einer Stätte des vielleicht größten Pferdemordes in der langen Geschichte dieses edlen Tieres.

Etwa 30.000 Pferde wurden, um sie den Russen nicht zu überlassen, liquidiert. Am Rande einer Steilküste verrichtete eine Veterinärkompanie ihre grausige Arbeit. In langen Reihen warteten die vierbeinigen Kriegskameraden auf ihr Schicksal.

Eigentlich sollte jeder sein Pferd eigenhändig erschießen, aber die Soldaten weigerten sich, das Todesurteil an ihren treuen Helfern zu vollstrecken.

So nahmen die Veterinäre ihnen das grauenvolle Amt ab. Manch hartgesottenen Soldaten konnte man damals weinen sehen. Mit einem Gewehrschuss hinter das Ohr wurde ein Tier nach dem anderen erschossen und dann 100 m tief ins Meer gestürzt. In der Bucht schwammen bald Tausende von toten Pferden.

Knöcheltief standen die Männer im Blut, die auf ihre Hinrichtung wartenden Pferde wurden immer unruhiger. Da die Zeit drängte, holte man Maschinengewehre, trieb die Tiere an den Rand der Klippe und schoss so lange, bis kein einziges Tier mehr oben stand.

Unter diesen tausenden von Pferden aller Rassen und Farben, Jahrgängen und Größen war auch ein Schimmel namens „ Paprika", dessen Reiter ihn wohl sehr ins Herz geschlossen hatte und ihm einen Nekrolog gewidmet hat:

– „Mit ihren großen Augen, die immer einen melancholischen Ausdruck hatten, sah sie mich an. Ihren Kopf rieb sie an meiner Brust und legte ihn schließlich – ihre Lieblingsbeschäftigung – auf meine Schulter. Weißt du noch, Paprika, wie wir uns kennen lernten? Unter den vielen rumänischen Ankaufspferden standest du im Juni 1941 in Barlad.

Niemand wollte dich haben, dein Trab war kurz und hart, einfach scheußlich, ein Schimmel warst du, dazu ein Beißer. Kein Pferd konnte neben dir stehen, ohne geschlagen zu werden. Ja, Paprika, du warst ein Biest. Welchen Namen dir die Wehrmacht gab, wussten wir beide nicht. Ich nannte dich Paprika, und den Namen behieltest du. Wir beide verstanden uns vom ersten Tag an.

Du warst klug und hattest Temperament. Auf den leisesten Schenkeldruck hast du reagiert. Natürlich war dein Trab fürchterlich. Warum musstest du auch die Vorderbeine so hoch werfen? Sei nicht böse, aber ich hatte dich im Verdacht, dass du aus der Zirkuswelt stammtest. Aber dein Galopp war herrlich und dein Sprung-vermögen famos.

Weißt du noch, die langen Märsche durch Bessarabien, durch die Ukraine, durch die Krim. Und deine pferdeunähnliche Eigenschaft, sich bei jeder Marschpause lang hin zu legen, alle Viere streckend. Wie oft habe ich zwischen deinen Beinen, den Kopf auf deinem Bauch, ein Stündchen geschlafen.

Wie bist du nur in Bijuk-Sjuren auf das Dach des Hauses gekommen, auf dem du dir das Gras schmecken ließest, aber so schwer wieder herunterzubringen warst?

Und gar unser besonderes Kunststück, ein kleines Stück Brot aus meinem Mund zu nehmen, erschreckte stets alle Umstehenden.

„Einmal beißt dir das Biest noch die Nase ab," hieß es. Wir liebten uns, nicht wahr, Paprika, die ganze Kompanie wusste es ja. Weißt du noch, wie wir uns durch Melderitte das Eiserne Kreuz verdienten? Weißt du noch, wie wir auf der Halbinsel Kertsch in ein Minenfeld gerieten? Mit gespitzten Ohren, leise schnaubend, hast du dich unendlich langsam, dadurch gemogelt. Nie habe ich dir gesagt, dass ich dich nach einem glücklichen Kriegsende kaufen wollte, bei guten Menschen in Berlin war schon für eine Unterkunft gesorgt.

Nun müssen wir uns trennen, ein unerbittliches Kriegsschicksal reißt uns auseinander.

Noch einmal zog ich den warmen Atem Paprikas tief ein, noch einmal legte ich mein Gesicht an ihre samtweichen Nüstern. Ich sah ihr nach, bis der Wall mir den Blick versperrte." –

(aus Janusz Piekalkiewicz „Pferd und Reiter im Zweiten Weltkrieg")

Die Trakehner im Zweiten Weltkrieg

Die edelsten und elegantesten Warmblüter Deutschlands waren auch die schnellsten, die Ostpreußen oder besser bekannt als die Trakehner. Das Gestüt, 1732 von dem Soldatenkönig Friedrich Wilhelm I. gegründet, genoss wegen seiner Züchtungen Weltruf.

Als Reit- und Artilleriepferde wurden die Trakehner in beiden Weltkriegen verwendet. Sie waren zwar wie geschaffen für den Krieg, aber der Krieg wurde auch für sie zum schwersten Schicksal.

Schon während der napoleonischen Feldzüge wurden sie furchtbar dezimiert, ebenso in den Kriegen davor und danach, aber immer wieder konnte man die Verluste auffrischen.

Ehe die Russen in Ostpreußen einrückten, hätte man genug Zeit gehabt, dass ostpreußische Gestüt zu evakuieren, doch der Gauleiter Koch verbot diese Evakuierung.

Koch äußerte gegenüber dem Direktor des Gestüts, dass die Pferde ja ihre Leistungsfähigkeit im Wettlauf mit den russischen Panzern unter Beweis stellen könnten.

Als es dann im Januar 1945 zu dem tragischen Flüchtlingstreck kam, erlag ein großer Teil der Trakehner den unvorstellbaren Strapazen, oder sie wurden von nachdrängenden russischen Panzern zusammengeschossen; viele brachen auch im Eis des Haffs ein. Dennoch hat man 800 Stuten und 45 Hengste retten können. Mit diesen Tieren baute man dann im Westen, im Schloss Erichsburg, ein neues Gestüt auf.

Mensch und Tier unter der Feuerwalze der Roten Armee

Mit Schneestürmen und eisiger Kälte, wie es sie seit Jahren nicht mehr gab, brach im Januar 1945 der Winter über die ostdeutschen Provinzen herein.

So wie der Winter furchtbar einbrach, brachen noch furchtbarer die russischen Armeen in Ostpreußen ein. Die Menschen versuchten nun im letzten Moment, der Roten Armee nach Westen hin zu entkommen.

Nur langsam kamen die Trecks voran. Die Schneeverwehungen wurden immer höher und formten sich zu unüberwindlichen Hindernissen. Manche flohen zu Fuß, die anderen mit ihren Pferdefuhrwerken. Oft verkeilten sich die Wagen, Granaten krepierten direkt neben den Straßen, Maschinengewehrfeuer beharkte Menschen und Tiere. Dann kamen die Panzer, schoben die Wagen wie riesige Dampfwalzen zur Seite und zerquetschten sie. Verletzte Pferde lagen auf den Straßen und in den Straßengräben und wieherten vor Schmerzen. Dutzende von Fuhrwerken wurden zerdrückt, von der Straße geworfen, umgestürzt, Menschen und Pferde zermalmt.

Hunderttausende Pferde haben im letzten Krieg an allen Fronten „ihren Mann" gestellt.

Die meisten sind gefallen in treuer Pflichterfüllung, meist stumm und ohne einen Laut.

Jedes Tier starb seinen eigenen individuellen Tod, so wie jedes Pferd ein eigenes Individium ist mit einem eigenen Charakter und eigenen Empfindungen.

Sie haben Hitze, Kälte, Hunger und Durst ertragen zusammen mit ihren Reitern und Fahrern. Sie leisteten Gefolgschaftstreue bis zum bitteren Ende, bis zu ihrem Tod.

Einige Wehrmachtsangehörige, denen Pferde im Krieg anvertraut waren, haben über ihre Kriegskameraden berichtet.

Einzelerlebnisse, einzelne Schicksale, von denen hier einige, meist verkürzt, wiedergegeben sind. Nummern von Brigaden, Kompanien, Regimentern sowie genauere Daten und Lokalitäten sind hier weniger wichtig.

Es soll hier nur aufgezeigt werden, was manche Soldaten mit ihren vierbeinigen Kameraden erlebten und wie das Schicksal mit einigen Kriegspferden umging, beispielhaft vielleicht für viele andere.

Einzelschicksale

Nierenschlag

– „Nach etlichen Kilometern Fahrt im glühendem Sonnenbrand auf einer Landstraße ohne den geringsten Schatten wurde der Veterinär von einem Unteroffizier nach vorn gerufen, weil ein Pferd nicht mehr weiter könne.

Es war ein Wallach. Der Gaul schwankte in der Hinterhand, knickte in den Knien ein, war über und über von Schweiß bedeckt und brach kurz nach dem Anschirren zusammen.

Nierenschlag! Eine Eiweißvergiftung, die in diesem Falle auf endloser Landstraße, wo weit und breit kein Gehöft zu sehen war, nur tödlich verlaufen konnte. Das Pferd war nicht mehr hochzubringen und bekam die Kugel.

Der junge Besitzer, ein Bauernsohn, vergoss bittere Tränen, war es doch eines seiner Tiere, das ihm jahrelang treue Dienste geleistet hatte und an dem er mit der ganzen Liebe des erdverbundenen Menschen hing.

Nierenschlag nannte man früher auch „Feiertagskrankheit", weil sie oft an Sonn- und Feiertagen auftrat, wo die Pferde die ganze Woche in Bewegung waren, dann aber längere Zeit im Stall standen und bei gutem Futter keine Arbeit leisteten." –

Ein winziger Granatsplitter

– „Da war ein Spitzenpferd „Rose", eine allerliebste braune Stute, in die ihr Fahrer geradezu verliebt war. Sie hielt sich trotz des kargen Futters wundervoll und war immer guter Laune. Ihr Arbeitsgenosse war ein Fuchswallach, etwas knochiger und gesetzter, fünf Jahre älter, trotzdem ging er auf die Spielereien der Stute immer ein. Die Stute hatte bis dahin noch keinen Tag versagt und war trotz aller überstandener Gefahren bisher ohne einen Kratzer weggekommen.

Da erhielt sie eines Tages einen winzigen Granatsplitter in die rechte obere Kruppe. Die Wunde blutete kaum, das Pferd ging auch nicht lahm und verweigerte auch kein Futter. Doch, an diesem lächerlich kleinen Stück Eisen ging das brave Tier nach Wochen ein.

Eine Operation, bei der der Splitter entfernt worden wäre, war unter den gegebenen Umständen nicht möglich und so wanderte der Splitter immer weiter nach unten.

Zuerst wurde das Kniegelenkt dick, dann das Sprunggelenk, zuletzt der Mittelfuß." –

Tod eines Schimmels

– „ Ein Fahrer meldete dem Veterinär, dass seinem Pferd, einem Schimmel, der Leib durch einen Granatsplitter aufgerissen sei. Das Tier hätte mörderisch geschrien und läge im Straßengraben, halb in einem Granattrichter.

Er hätte das Stöhnen des Tieres nicht mehr mitanhören können und sei weggefahren. Zum Erschießen habe er keine Pistole gehabt.

Als der Tierarzt hinzukam, lag der Schimmelwallach mit aufgerissenen Leib vor ihm. Alle Dickdärme hingen als zerfetzte Masse heraus und lagen in einer geronnenen Blutlache.

Der Schimmel lebte noch, stöhnte aber nicht mehr. Er schien tot zu sein.

Als der Veterinär zu im trat, sah er ihn mit todesmüden Augen an. Der Mann streichelte den armen Gaul und rief ihn beim Namen, legte ihm den Kopf bequemer und legte seinen Kopf an den des Schimmels. Er streichelte ihn und das todwunde Tier leckte seine Hand, das Stück Zucker, dass er sonst so gerne genommen hatte, nahm er nicht mehr.

Er wird den Schuss nicht mehr gehört haben, der ihn von seinem Leiden erlöste." –

Sandkoliken

– „ Holz, Sägespäne, Baumrinden, kurz alles, was dem Gebiss nicht widerstand, wurde gefressen. Die Pferde nahmen immer mehr ab. Die vorstehenden Teile, wie Schulterblätter und Hüften hoben sich ab und gaben den Tieren ein erbarmungswürdiges Aussehen von Kleppern. Überall fehlte das Fettpolster, die Tiere lagen sich auf und bekamen üble Hautgeschwüre, die schlecht heilten, weil man die Ursachen nicht abstellen konnte.

Bei einigen Pferden traten Koliken auf. Sie mussten alle erschossen werden . Der Befund ergab „ Sandkoliken" .

In dem einen Teil des Darms, da wo er in den Mastdarm über- geht, fanden sich Mengen von Sand. Der Darm war wie mit Zement ausgegossen. Die Tiere hatten während der Haltepausen, aus Hunger den Sand aufgenommen und waren daran zu Grunde gegangen. Der schwere Sand war an der tiefsten Stelle des Darmes weitergerieselt, bis er sich im Laufe der Monate an einer Stelle gehäuft und die Verstopfung verursacht hatte." –

Knöchelbruch

– „ Der Soldat, im Halbdunkel nur in Umrissen erkennbar, riss hart am Zügel, das aber war zu viel für das ausgepumpte Pferd, es brach in die Knie, der Mann glitt sich am Sattel haltend, seitwärts herab, sein Fuß verfing sich im Bügel, er stürzte mitsamt dem Pferd, raff- te sich aber sogleich wieder auf, stieß einen Fluch aus und versuch- te, das Pferd zum Aufstehen zu bewegen.

Als er es schließlich wieder auf den Beinen hatte, hinkte es. „Wahrscheinlich Knöchel gebrochen, wird sich wohl heilen lassen", sagte der junge Unteroffizier." –

Augen, die anklagen

– „Die Augen der Tiere sind verschieden: Erwartungsvoll, gierig, traurig, pfiffig, treu, stumpf, angstgeweitet, hervorquellend, wild.

Auf einer weiten Schneefläche stand ein russisches Panjepferd. Seine Seite war aufgerissen vom tödlichen Stahl. Der Schnee darunter rot vom Blut, das sich immer mehr nach allen Seiten weiterfraß.

Der Kopf mit den zottigen Haaren hing ganz tief zum Boden herunter. Von Zeit zu Zeit überlief ein Zittern den Körper. Es sah mich an. Mit den Augen dieses todwunden Tieres hatte mich der Jammer aller schuldlos leidenden Kreatur angesehen, aller Menschen und Tiere, die durch menschliche Schuld, frei von eigenem Verfehlen, hineingerissen werden in irdische Gewalttat und ihre blutigen Folgen. Sie vermögen zuletzt nichts anderes mehr zu tun, als stumm mit ihren Augen anzuklagen, als wehrlos zu flehen, als hoffnungslos in erbarmungslose Augen zu blicken." –

Schrecken

– „Die Handgranate explodierte. Es gab einen höllischen Krach, der die ahnungslosen und im Stehen dösenden Pferde derart erschreckte, dass sich der Rappe sofort losriss und mit fliegenden Zügeln davonbrauste." –

Trost durch Gespannpferde

– „Den meisten Trost spendeten mir die Gespannpferde. Man konnte sie mit Brot füttern und dankbares Schnauben ernten. Sie machten einen total erschöpften und abgerackerten Eindruck und das schuf seelische Verwandtschaft ." –

Wandelndes Knochengerüst

– „Der treue Jakob Stemmler begleitete mich auf seinem dürren Klepper, der schon vier Jahre Krieg hinter sich hatte. Auch ich erklärte mich bereit, das braune Knochengerüst zu besteigen.

Auf diesem Wolkenkratzer von einem Gaul konnte man sich getrost seinem Schicksal überlassen. Auch ein Artillerietreffer direkt hinter dem Schwanz würde die Gangart dieses abgebrühten, aber doch seriösen Wallachs nicht beschleunigen. Mit hängenden Ohren trottete er dahin, träumte, stolperte alle Augenblicke und nahm kaum Notiz von der Zügelung. Zuweilen blieb das Knochengerüst auf der Straße stehen, senkte das Haupt und schien über sein Pferdeschicksal nachzudenken. Vielleicht träumte er auch vom Hafer, den es damals nicht mehr gab. Jakob holte mit Hilfe seiner gewaltigen Sporen, die er ihm in den dürren Leib und in die eingefallen Flanken stieß, manchmal sogar einen Galopp aus ihm heraus. Diese Gangart steigerte sich dann durch das weite Ausgreifen seiner langen dünnen Beine zu einem brauchbaren Tempo. Mir standen keine Sporen zur Verfügung, mit meinen Absätzen musste ich in beide Flanken trommeln, wenn ich dieses dürre Geschöpf in Trab versetzen wollte." –

Strapazen bis zum Tod

– „Wenn die Pferde an Stellen vorbei kamen, an denen ihre Kameraden als Kadaver herumlagen, dann waren sie wie verwandelt. Dann brauchte man sie nicht anzutreiben, weder mit Geschrei, noch mit der Peitsche. Sie rasten dann los, als sei der Satan hinter ihnen her. Wenn Pferde scheuen, können sie nicht schlimmer toben.

Dann rasten sie durch Granattrichter und Stacheldraht. Wie sahen sie aus? Klatschnass, verdreckt, das Fell von Stacheldraht zerschunden, die Fesseln blutig. Das Wagnis entstand immer neu und die Aufregung und der Schrecken!

Nein, was den armen Tieren damals zugemutet wurde, war unbeschreiblich grausam. Bei einem Jaboangriff waren die Pferde zuerst die Opfer, weil sie nicht in Deckung springen konnten. Die Gäule wussten kaum, was mit ihnen geschah. Sie waren wehrlos und ihr Selbsterhaltungstrieb machtlos, der sich sonst mit aller Kraft wehrt.

In Russland zogen die Pferde durch Sand und Schlamm, durch die Sümpfe und Schnee, erlitten täglich die größten Strapazen, bekamen kaum das nötige Futter, aber sie wehrten sich bis zuletzt gegen den Tod." –

Auch ein Held

– „Der Wallach, den wir Hektor nannten, wurde eine elende Kreatur. Von seinem Stolz und seiner Kraft war nichts geblieben. Er spürte die Gefahr stärker als wir. Er war froh, dass er uns hatte.

Als der Rückzug begann, entflammten noch einmal seine Kräfte. Er zog mit einer auffälligen Zähigkeit los, stampfte dahin im eisigen Gegenwind wie ein Automat. Wenn ich neben ihm herging, merkte ich, wie der arme Gaul sich anstrengte. Sein Gesichtsausdruck war wie ein Gespräch.

Hier stampfte ein Held durch den russischen Winter, kein stolzer Held mehr. Er war nicht mehr unnahbar, aus seinem gesunden Auge glimmte ganz entfernt etwas wie Freude, eine durch Trauer gedämpfte Freude.

Er spürte den Absturz, den wir hinter uns hatten, spürte ihn ohne Hoffnung." –

Bauchschuss

– „Der Gaul, dem eine Kugel in den Bauch gedrungen war, schrie fürchterlich und begann die Straße hinunterzurennen, eine bläulich graue Spur von Gedärmen, auf die er immer wieder trat, hinter sich herziehend, bis er sich endlich auf die Seite fallen ließ. Eine Weile röchelte er noch erbärmlich, schlug mit den Beinen und wurde dann, wie wir sagen, zum Kadaver." –

Immer bereitet zum Dienen und Gehorchen

- „Das Pferd hielt durch, solange seine Kraft reichte. Dass dieser, unserer treuester Begleiter und zuverlässigster Kamerad unvorstellbares Leid und grausige Not im Zweiten Weltkrieg erleiden musste, bleibt eine erschütternde Tragik.

Hunderttausende von Pferden: schwere, treue Zugpferde, schnelle, wendige und intelligente Reitpferde, die ihre Nüstern blähten und unseren Schenkeln gehorchten. Traurig blickten sie uns an, wie standen ihnen die Rippen aus dem abgezehrten Leib.

Stets waren sie bereit, dem Menschen zu dienen und ihm zu gehorchen. Auch wenn sich das Eisen in ihr Fleisch grub, immer wieder waren sie bereit, sie die geschundene Kreatur." –

Im Schlamm

– „Bald war die Kraft des Gespanns gebrochen. Das Fahrzeug prallte mit dem Achsnarben an einen Baum. Der Ruck ließ das Gespann stocken. Man haftete in einer zähen, zerfurchten Lehmmasse. Die Pferde stampften in dem glitschigen, braunen, knietiefen Schlamm, rutschten aus und wurden von dem Fahrer wieder hochgerissen. Die Peitsche klatschte auf die nassen Leiber. Schreie des Fuhrmanns, Schnauben und Stöhnen der Pferde, der Schlamm brodelte.

Immer wieder warfen sich die Gäule in die Ketten, aber wenn die gemeinsame Kraftanstrengung der beiden Tiere aufgelöst war in einzelne, wütende, wuchtige Stöße, und sie anfingen, sich in das Geschirr zu stemmen, dann war die Einfahrt schon misslungen, und es begann ein sehr beklagenswertes Schauspiel.

Der Fahrer versuchte dann die russische Schlammstrecke zu durchbrechen, indem er die inzwischen total müde gewordenen Pferde auf ein Kommando hin, also mit einem einzigen Ruck hochriss.

Meistens riss dieser Ansturm das schwer beladene Fahrzeug ein kleines Stück weiter, und dann war es, als fühlten sich alle Beteiligten, Mensch und Tier, zu den äußersten Anstrengungen ermutigt. Der Fahrer schrie wie ein Besessener, peitschte wie von Sinnen auf die ermatteten aber immer noch willigen Gäule; diese wieherten, stampften verzweifelt im Schlamm.

Das Fahrzeug ächzte, die Pferde ächzten, aber sobald die Kraft eines der Pferde nachließ, begann die Zugkraft sich wieder aufzulösen in einzelne Zuckungen, die immer schwächer wurden und schließlich stand das Fahrzeug; die Pferde mit dem Fuhrmann verdreckt, verschwitzt, verbraucht in dem schwärzlich, lehmigen Schlamm Russlands, und um sie war die Stille der Verlegenheit." –

Hektor in Panik, Hans die Ruhe selbst

– „ Als ich gerade loslegen wollte, schlug es in der Nähe ein. Hektor, dieses Mistvieh, ging hoch und begann einen rasenden Tanz loszulegen. Dadurch blieb das Fahrzeug stehen. Ich sprang runter vom Bock und schlug den Gaul mit voller Wucht die Faust auf die Nase, schrie ihn an und trat ihm vor die Brust. Zum Glück war Hans, der Schweißfuchs, ruhig stehen geblieben. Er zog auch sofort mit höchster Kraft wieder an. Plötzlich schlug wieder eine Granate ein, Hektor ging wieder hoch, schlug über die Stränge, der Hans aber zog weiter, so gut er konnte.

Dann wieder ein Einschlag, Schreie, Hilferufe und der durchdringende Schrei von Pferden.

Dieser hohe Schreie hörte sich ganz furchtbar an, entsetzlicher als wenn ein Mensch schreit. Ähnliches habe ich im ganzen Krieg nicht mehr erlebt. Hans stand ruhig vor dem Wagen, Hektor lag am

Boden. Zuerst glaubte ich, er hätte einen Granatsplitter abbekommen. Als ich ihn untersuchte, wurde er rebellisch, kam wieder hoch und beruhigte sich nach einer Weile. Er war nass vor Angst und zitterte erbärmlich." -

Die Stute Gretel

– „Wenn Pferde Blut riechen, werden sie ganz verrückt. Obwohl der Einschlag einige hundert Meter weiter lag, war die Stute Gretel wieder aus dem Häuschen.

Das Tier hätte sich am liebsten auf den Boden gelegt und geheult, wenn es gekonnt hätte. Auch Alex war unruhig geworden, schnaubend scharrte er den Boden. Ich ließ die Pferde den Berg hinab rasen. Sie rannten in Todesangst. Als sie in einen toten Schusswinkel kamen, ließ ich die beiden Gäule verschnaufen. Ein Mann schrie: „Ich kann nicht mehr, erschießt mich!"

Dieser Mann war mit den Nerven noch fertiger als meine Gretel." –

Geteiltes Leid

- „ Sein Leid war auch das Leid seiner Pferde. Sie mussten die gleichen Strapazen ertragen wie er. Waren sie es denn gewohnt, Tag und Nacht vor dem schweren Wagen im Geschirr zu gehen?

Er fühlte sich mehr und mehr mit ihnen verbunden und versuchte in den Marschpausen ihren wahnsinnigen Durst zu stillen. Er gab ihnen auch Äpfel, die er vom Sattel aus vom Baum pflückte. Die Müdigkeit seiner Gäule aber wurde immer größer. Abgetriebene, hungernde, durstige Arbeitspferde in einer langen müden Kolonne.

Mit gesenkten, nickenden Köpfen und dürr wie Skelette trotteten sie dahin.

Immer wieder ermuntert durch das Geschrei der Fuhrleute, dass sie zwar nicht verstanden, aber dessen drohender Ton war ihnen durchaus verständlich war. Immer wieder klatschten die Schläge der Peitsche auf ihre ausgezehrten Leiber." –

Im Stall

– „Der Schimmel stand im Stall, wenn ihm jemand zu nahe kam, spitzte er die Ohren, dann versank er wieder in einen teilnahmslosen Zustand, in dem Resignation, Erbitterung und eine tiefe Müdigkeit eingeschlossen waren.

Als der Feldwebel Vollmer sich im näherte, warf er sich blitzschnell herum und schlug aus, ohne den Mann zu treffen.

Dieser ergriff eine schwere Latte und hieb damit auf dem Schimmel los. „Päng!" – es war undeutlich, ob das Holz so knallte oder die Muskeln und Knochen des Tieres. Der erschrockene Schimmel holte erneut zum Schlag aus. Eine ganze Weile wiederholte sich der Rhythmus von Holz- und Hufschlag.

Es war ein grimmiger Kampf, eine erbitterte Raserei! Vollmer stand der Schweiß auf der Stirn, aber er verfügte über eine bessere Schlagkraft und wusste sie gezielter anzuwenden als der verzweifelte Schimmelwallach, der nun nicht mehr schlug, sondern laut schnaubte, hin und her sprang, an der Kette riss und einen bösen Glanze in den Augen bekam. Der Feldwebel schlug und schlug, obwohl das Tier sich nicht mehr wehrte. Doch die Wut des Mannes steigerte sich mit jedem Schlag; jetzt schlug er gegen die empfindlichen Hinterbeine, dann wieder auf die Kruppe, den Rücken, den Hals und schließlich auf den Kopf.

Noch einmal schlug das verzweifelte Tier aus und traf die Latte, die Vollmer aus der Hand fiel. Dieser sprang nach vorne und stieß dem Pferd seine schweren Stiefel in die Brust. Dann nahm er wieder die Latte und ließ sie auf den Hals des Wallachs knallen.

Er schlug, bis der arme, geschundene Schimmel den Kopf hängen ließ und zitternd nur noch dastand.

Ein Bild des Jammers! Ein leises Schnaufen war das einzige Lebenszeichen. Es hörte sich an wie eine Klage." –

Versöhnung

– „Plötzlich hielt der wütende Feldwebel inne, streichelte das Tier und fiel ihm um den Hals. Später erzählte Vollmer, dem Gaul hätten die Tränen in den Augen gestanden. Er fütterte und tränkte das geschundene und hungrige Tier, das nun völlig gebändigt war, band es los und wanderte mit ihm über das Feld.

Als er wiederkam, hatte er mit dem Schimmel Freundschaft geschlossen, wie sie inniger zwischen Mensch und Tier kaum möglich ist,

Eine Freundschaft, die später, als der Feldwebel und der Schimmel an die Front mussten, als eine Seltenheit betrachtet wurde." –

Eine kurze Freundschaft

– „Ein älterer ehemaliger Möbeltransporteur sagte, man dürfe bei den Gäulen nicht mit Schlägen sparen, dann würden sie schon kirre. Doch Pferde sind empfänglicher für Güte, und wenn man sie mit Gewalt bändigt, werden sie sich wohl unterwerfen, aber nie zum Freund werden.

Ich hörte plötzlich den langsamen Tritt eines Pferdes. Als ich hinging, stand plötzlich ein großer brauner Gaul vor mir, der für die Geschützbespannung vorgesehen war. Er sah mich an. Ich sah ihn an. Im Dunkel war sein Gesichtsausdruck nicht zu sehen. Lauerte er auf eine Gelegenheit, sich für die in diesen Tagen erlittene böse Behandlung zu rächen, oder war er genauso ängstlich wie ich?

Ich sagte zu ihm: „Sei brav, du bist ein armes Tier, ich tue dir nichts, komm schön, sei brav." Und siehe da, er streckte mir schnuppernd die Schnauze entgegen, kam näher heran und ließ sich die Nase streicheln und die Flanken klopfen. Er rieb den Kopf an meiner Schulter, als wollte er sagen: „Bleib bei mir und lass mich nicht allein in dieser brutalen Gesellschaft."

Es war eine kurze Freundschaft. Am anderen Morgen konnte ich meinen Bekannten aus der großen Zahl von Pferden nicht mehr herausfinden." –

Zwei verschiedene Charaktere

– „Der braune Wallach war der Stolz der Kompanie, aber auch das Pferd war immer stolz gewesen, wenn es etwas Besonderes geleistet hatte; es war voller Ehrgeiz gewesen, wenn Besonderes von ihm verlangt wurde. Sein Charakter war nie kompliziert, nicht faul, hinterhältig oder verschlagen, sondern bieder, ehrlich, fleißig und getreu. Sein Arbeitskollege vor dem schweren Transportwagen hatte einen total anderen Charakter. Beim Füttern versuchte er, bevor er seine Ration zu fressen begann, zuerst die seines Gefährten zu verzehren und danach die eigene.

Und besonders eindringlich aber wurden seine schlechten Qualitäten beim Ziehen. Der Gaul dachte gar nicht daran, seine Kraft groß einzusetzen, aber er tat so, als ob er zöge, indem er die Zugketten gerade noch straff hielt. Die Zugarbeit überließ er seinem Genossen, dem Braunen.

Ging es bergauf oder durch schweres russisches Gelände, dann war es oft so, dass der arme Braune im Schweiß dampfte, wogegen der Faulpelz nicht eine Spur von Anstrengung zeigte. Schläge konnten ihn keineswegs veranlassen sich in das Geschirr zu legen. Wenn der Fahrer schließlich wütend wurde und mit voller Wucht die Peitsche gebrauchte, dann tat er wohl so, als bemühe er sich zu ziehen. Er schwenkte dann eifrig den Kopf, wie Pferde tun, wenn sie angestrengt ziehen, aber das war alles Schauspielerei und Ablenkungsmanöver.

Die Schläge waren ihm zwar sehr lästig, aber die Arbeit war ihm noch lästiger. Er drückte sich auf Kosten seines Genossen, des arbeitswütigen, zuverlässigen und fleißigen braunen Wallachs, der trotz seiner breiten Brust und mächtigen Schenkel immer weniger wurde.

Er gehorchte dem kleinsten Wink und war immer bestrebt, seinem Herrn den Dienst so leicht wie möglich zu machen.

War er angeschirrt, so ging er ohne Befehl auf seinen Platz und stellte sich neben die Deichsel.

Er zog bis zur völligen Erschöpfung. Geriet der Wagen in den Morast, wo er steckenblieb, wurde er nicht wie die meisten Pferde aufgeregt und ungeduldig, sondern wartete ruhig die Befehle seines Herrn ab.

Nie gebärdete er sich ungestüm oder zu temperamentvoll. Niemals wurde er wild oder zornig, wenn er die Peitsche fühlen musste, auch nicht nachtragend. Sein aufrechter Charakter ließ sich nicht negativ beeinflussen.

Obwohl es ein arbeitsreiches, oft erbärmliches und äußerst anstrengendes Leben hier in Russland war, hatte sich das Tier damit abgefunden. Es wusste, es gab kein anderes, es hatte auch nie ein anderes kennen gelernt. Hunger, Durst, Hitze, Kälte, Anstrengung und Schmerz gehörten zum Alltag. Die Ungerechtigkeiten seines Genossen nahm es als gegeben in Kauf. Hass war ihm fremd. Im Gegenteil, es suchte ständig seine Freundschaft und wieherte vor Freude, wenn es ihn nach längerer Abwesenheit wiedersah." –

Die russischen Panjepferde

– „Sie laufen jeden Tag geduldig auf neuen Wegen, die russischen Panjepferde. Jeden Abend stehen sie unter einem anderen Dach, selten in einem Stall. Sie murren und mucken nicht. Mit langen Hälsen trotten sie dahin, einen müden Fuß vor den anderen setzend, hohl in den Flanken und Falten an den Hinterbacken, so dass man die Muskeln zählen kann.

Da laufen sie und finden nichts dabei, dass sie nur zum Laufen da sind, nicht mehr zum Stillstehen und Ausruhen. Sie fressen eine geringe Kleinigkeit am Tage, das was sie unbedingt brauchen.

Sie fallen nicht um vor Ermattung." –

Galopp am Hang

– „Schräg den Hang hinunter ist das Galoppieren eine Schinderei für die Gäule und für die Reiter. Beide bekommen Angst.

Gewicht und Schwung der sausenden Masse liegen allein auf der Vorhand der armen Tiere. Sie atmen stöhnend bei jedem Sprung." –

Rast im Wald

– „Der Wald stand dunkel und ungewiss. Kein Mensch wusste, wo er endete und was er zwischen den Bäumen verbarg.

Und die Pferde hatten keinen Atem mehr. Sie bogen in eine Schneise, tief in das Dunkel hinein und hielten.

Die Tiere standen wie festgewurzelt, keuchten erbärmlich, und ihr Leib schwankte in ruckweisem Luft holen vor und zurück.

Das bittere Keuchen ließ nach und ging wieder in ruhiges Atmen über; der Leib schwankte nicht mehr vor und zurück, und die steifmüden Beine rührten sich und wechselten ungeduldig ihren Stand.

Lange hatten sie nichts mehr zu fressen bekommen. Nun waren es Fichtenzweige mit denen wir ihren Hunger zu stillen versuchten.

Wenn in der Ferne Artillerieeinschüsse zu hören waren, zuckten sie zusammen und bewegten ihre Ohren in die Richtung der Explosionsgeräusche." –

(aus Ludwig Kreuz „Goliath, Kamerad Pferd im Kriege")

Nicht nur die Schlachtfelder in Russland wurden zum Schicksal unzähliger deutscher und russischer Pferde, sogar die waffentechnisch so fortschrittlichen Amerikaner besaßen noch Kavalleriebrigaden, die an verschiedenen Kriegsschauplätzen zum Einsatz kamen.

Bekannt wurde das Schicksal der 20. Amerikanischen Kavalleriebrigade, die in Bataan auf den Philippinen stationiert war.

Im März 1942, als die Pferde dieser Brigade schon alles Reisstroh aufgefressen hatten, wurde bekannt, dass die Japaner wieder auf dem Vormarsch seien. Daraufhin schlachtete man alle Vierbeiner, damit sie dem Feind nicht in die Hände fallen konnten. 250 herrliche Reitpferde, dazu 45 Packesel landeten im Kochtopf und wurden von den Soldaten verzehrt.

Wüstenpferde in Namibia – Drama in Südwestafrika

Als Nachfahren von domestizierten Hauspferden leben diese Tiere seit etwa zehn Generationen in der heißen namibischen Wüste.

Sie haben sich der dortigen Umwelt und dem Wüstenklima angepasst. Nur alle 30 Stunden kommen sie im heißen Sommer zur Wasserstelle, im Winter nur alle 72 Stunden.

Über ihre Herkunft bestehen mehrere Hypothesen. Die wahrscheinlichste ist wohl die, dass die Vorfahren dieser Wüstenpferde von den Deutschen in die damalige Kolonie des Reiches gebracht wurden.

Mehr als 10.000 Trakehner wurden anfangs des 20. Jahrhunderts ins damalige Deutsche Südwestafrika transportiert. Allein im Jahre 1904 kamen 7.830 Pferde aus Deutschland an, die meist in den Süden des Landes gebracht wurden, wo das Zentrum des damaligen Hereroaufstandes war, um hier in der Kavallerie zu dienen. Kurz vor der deutschen Kapitulation im Ersten Weltkrieg soll ein Feldwebel die Gatter geöffnet haben, um die Pferde in die Freiheit zu entlassen.

Alte Fischer in Lüderitz erzählen auch von einer Schiffskatastrophe an der Mündung des Oranjeflusses, bei der sich europäische Pferde, die nach Australien verschifft werden sollten, an Land retten konnten und später dann die Namibwüste bevölkerten.

Doch es gibt auch noch andere Versionen; jedenfalls haben Wissenschaftler festgestellt, dass nur Trakehner, Hackneys oder Englische Vollblüter die Vorfahren dieser Namibpferde sein können.

Seit September 1997 hat es in der Namibwüste nicht mehr geregnet. 40° Grad im Schatten, doch in dieser Wüste gibt es keinen Schatten. Ein paar graue dornige Büsche, viele Steine und eine unbarmherzige Sonne. Den Pferden hier geht es sehr schlecht. Sie hungern, und es fehlt völlig an Mineralstoffen. Viele dieser Elendsgestalten aus Haut und Knochen brechen zusammen und verenden kläglich im Sandstaub.

Noch etwa 80 völlig ausgemergelte Wüstenpferde mit müden Augen, mattem Fell und von Schürfwunden überzogen, sind noch am Leben.

Besonders Muttertiere und ihre Fohlen leiden unter der Trockenheit und gehen zu Grunde, sodass fast nur noch Hengste die Herde bilden.

Die Pferde haben sich zwar an das karge Nahrungsangebot und wenige Wasser in der Wüste gewöhnt, aber ein Minimum an Nährstoffen brauchen sie doch. Die ausgetrockneten dornigen Büsche sind zu wenig. Manche Tiere sinken in den staubigen Sand, besonders in der Mittagshitze und stehen nicht mehr auf.

Manchmal legen sie sich zum Schlafen nieder, und wenn sie aufstehen wollen, spielt die Beinmuskulator nicht mehr mit.

Das Pferd bleibt liegen und verdurstet elend.

Private Helfer versorgen die Tiere manchmal mit Heu, Gras oder Lecksalz. Kritiker aber meinen, man solle der Natur ihren Lauf lassen, das Sterben in der Trockenperiode sei eine natürliche Auslese, außerdem gehörten wild gewordene Hauspferde nicht in die afrikanische Wildnis.

Schuld an der Tragödie dieser Wüstenpferde haben auch die Rancher, deren Zäune verhindern, dass die Pferde in ergiebigere Regionen ziehen können.

Berge, hohe Dünen und der nahe Atlantik beengen ebenfalls das äußerst karge Weidegebiet.

So bleibt es bei der Fütterungsaktion in der Krisenzeit, um wenigstens eine kleine Anzahl der Namibpferde zu erhalten. Wenn es hier aber einmal kräftig regnen sollte, würde sich das ausgetrocknete Land schnell in eine grüne Vegitation verwandeln. Dann wäre natürlich jede menschliche Fütterungshilfe überflüssig, aber noch sind diese einzigartigen Namibpferde vom Aussterben bedroht, durch die anhaltende Dürre in Südwestafrika.

Ein Pferd als Lebensretter

Die Pferde sind natürlich Landtiere und keine Wassertiere, doch sie können von Natur aus schwimmen und sind auch meist nicht wasserscheu.

Nach dem erfolglosen Invasionsversuch der Spanischen Armada in England, 1588, der mit der fast völligen Vernichtung der stolzen Armada endete, befahl der spanische Admiral Medina Sidonia, die etwa 300 bis 400 Pferde und Maultiere auf den verbliebenen Schiffen wegen Trinkwassermangel ins Meer zu werfen. Diese Tiere ertranken alle qualvoll, und das Ereignis wird in keinem Geschichtsbuch erwähnt.

Von der Insel Bali wurde vor einiger Zeit berichtet, dass hier ein Kind aus den Fluten des Meeres vor dem Ertrinken gerettet wurde – und zwar von einem Pferd.

Georg Barthel berichtet in einer bekannten Medienzeitschrift unter dem Titel „Schutzengel mit vier Hufen":

– „Pferde haben auf Bali ein hartes Leben. Für ihr Futter müssen sie oft unvorstellbar schuften. Zwölf Stunden am Tag, sieben Tage die Woche, Jahr für Jahr ziehen sie den Cidomo – wie die Kutschen auf der indonesischen Insel genannt werden – durch den von Abgasen verpesteten Verkehr. Meist sind die zweirädrigen Karren mit zentnerschweren Lasten beladen. Und wenn in der sengenden Tropensonne die Muskelkraft zu versagen droht, zischt die Peitsche des Kutschers über den Pferderücken. Hier rackern die Vierbeiner buchstäblich bis zum Umfallen.

Gnadenbrot für die Tiere – das kann sich keiner der armen Kutscher leisten. Auch „Ben Hur" ist so ein Arbeitspferd. Dem zwölfjährigen Schimmel gehen langsam die Kräfte aus. Sein Kutscher Biang ist kein Schinder. Er behandelt das Tier gut. Aber er hat schon überlegt, „Ben Hur" gegen ein jüngeres Pferd zu tauschen. Schließlich sichert die Kutsche den Lebensunterhalt der Familie. Und dafür kann Biang nur ein leistungsfähiges Zugpferd gebrauchen.

Doch es sollte anders kommen. Es passierte am dritten Geburtstag von Biangs Sohn Wayan. Für ein paar Minuten hatten die Eltern das Kind aus den Augen verloren. Nur „Ben Hur" sieht, wie der Junge ins Wasser der nahe gelegenen Java-See gestolpert ist und dort zu ertrinken droht. „Ben Hur" galoppiert in die Fluten und bugsiert Wayan zurück an Land. Die Eltern suchen bereits verzweifelt nach ihrem kleinen Sohn. Plötzlich sieht der Vater von weitem, wie „Ben Hur" ein nasses Bündel sanft auf den Strand schubst.

Und Sekunden später beschließt Biang, dass „Ben Hur" nie mehr arbeiten müsse. Weil er von nun an zur Familie gehört ." –

Pferdemörder auf Deutschlands Weiden

Auch die nächtlichen Verbrechen der sogenannten „Pferderipper", die weidende Pferde mit ihren Messern stark verletzen oder töten, gehören mit zu unserer Thematik.

In den meisten Fällen, die sich hauptsächlich in Norddeutschland (Niedersachsen, Mecklenburg) abspielen, tappt die Polizei im Dunkeln. Psychologen rätseln über die Motive dieser sadistischen Täter. Seit 1991 sind über 400 Pferdeattacken auf Weiden und in Ställen bekannt geworden. Trotz Sonderkommissionen gibt es bis heute noch keine durchschlagenden Fahndungserfolge. Die vermuteten Motive des oder der „Pferderipper" reichen von sexueller Abhängigkeit, Neid, Gier bis hin zu Blutrausch und krankhafter Machtausübung. Guido Grandt, Journalist und Buchautor, vermutet sogar ein pseudoreligiöses kultisches Tatmotiv.

Vielleicht kämen der oder die Täter aus der neosatanischen, neuheidnischen Szene, die zwischen Okkultismus, Hexenkult, Rechtsradikalismus und völkischem Germanentum angesiedelt sei.

Wie bereits in einem anderen Kapitel erwähnt, spielte das Pferd in der germanischen Mythologie eine wichtige Rolle. Man glaubte vor allem an die Kraft des Pferdeblutes, als einen wichtigen Energieträger.

Tierärzte stellten keineswegs wahllose Schnitt- und Stichverletzungen fest, sondern zielgerecht organische Verwundungen, die zu starken Blutverlusten führten.

Auffallend sei, so Grandt, dass die Bluttaten an oder kurz vor heidnischen oder neuheidnischen Festtagen begangen worden seien. Er führt weiter aus, dass dadurch, dass bislang noch nie von einem kultischen Tatmotiv bei „Pferderippern" ausgegangen wurde, sich diese neuheidnische, völkisch-germanische und okkulte Szene bisher in Sicherheit und Anonymität wiegen konnte.

Birgit Hartmann hat zu diesen nächtlichen Pferdtragödien ein sehr zutreffendes Gedicht geschrieben, das sie „Tödliches Vertrauen" nennt:

Endlose Stille bei dunkler Nacht,
die Stute über ihre Herde wacht,
glasklare Augen schauen ruhig in die Weite,
beruhigende Wärme des Menschen an ihrer Seite.
Zuerst beunruhigten sie die Schritte im Gras,
Anspannung aller Muskeln,
die sie am Körper besaß,
warnendes Schnauben für ihre Herde,
furchtsames Wiehern der ihr anvertrauten Pferde.
Als Wächter blieb sie bis zum Schluss stehen
und sah die Mähnen der angstvoll galoppierenden Pferde
wehen.
Sie hatte die Gefahr früh genug erkannt
und wäre bei einem Wolf auch weggerannt.
Doch die Silhouette eines Menschen
im letzten Licht
fiel bei ihrer Entscheidung ins Gewicht,
gebannt auf ihrem Fleck zu verharren
und neugierig auf den Menschen zu starren.
Freundlich wiehernd begrüßt sie den Unbekannten,
sich nicht bewusst, dass die anderen Pferde
um ihr Leben rannten.
Stöbert gierig nach einem Apfel
in den Taschen,
lässt sich hoffnungsvoll
von ihm überraschen.
Leuchten der Klinge im Mondlicht –
hier spricht die Gewalt, kein Gericht.
Schmerzverzerrte ungläubige Augen,
Instinkte der Natur zu nichts mehr taugen.
Zustechen der Klinge immer wieder,
Zusammenbrechen der alten Glieder.
Den Kopf hebt sie mit letzter Kraft,

aus tiefen Wunden strömt der Lebenssaft.

Instinkte der Natur waren erwacht,

nicht des Raubtiers Mensch bedacht.

Letztes Schnauben als Warnung für ihre Herde,

im Mondlicht wild galoppierende Pferde.

Die Sonne geht strahlend auf am nächsten Tag,

keiner diese schreckliche Tat zu verstehen mag.

Stumm steht die Herde bei ihrem Artgenossen,

ein Pferd hat noch nie eine Träne vergossen.

Zitternd leidend in endloser Qual,

das Pferd hatte hier keine andere Wahl.

Vertrauen und bedingungslose Treue,

der Täter Mensch kennt keine Reue.

Klage des Pferdes an die Herren der Schöpfung

Ihr fordert von uns Kameradschaft, Treue bis zum Tod, Aufopferung bis zum Letzten.

Dienst in Sonnenbrand und bei beißender Kälte, in Sturm, Schnee und Regen.

Hunger und Durst müssen wir ertragen. Ihr habt uns entmannt, uns das Geschlecht genommen, nur damit wir leichter dienstbar und gefügiger werden.

Ihr demütigt uns, raubt uns jeden Willen, knebelt und zerbrecht uns, wollt uns zu willenlosen Maschinen machen. Ihr schickt uns in das Feuer der Schlachten und in den Lärm der Städte.

Was aber gebt ihr?

Wo bleibt eure Verpflichtung?

Wo seid ihr auf unserem letzten müden Gang, bei unserem schmählichen Tod? Wo bleibst du, wenn mein Rücken dich nicht mehr tragen kann?

Wo bist du, wenn ich alt, krank, schwach, langsam und müde bin, wenn ich meine Kräfte für dich verbraucht habe?

Antwort: Wir sehen euch oft leiden, stumm und ergeben und müssen bitter gestehen, dass wir machtlos sind und gegenüber eurer edlen Größe ganz klein.

Was sind die Ursachen der Gewalttätigkeiten gegen Pferde?

Worin liegen nun die Ursachen für Gewalttätigkeiten gegen die Tiere, die die Menschen bewundern und von denen sie jahrtausendelang profitiert haben? Warum werden diese Tiere so oft missachtet und misshandelt?

Hier bietet sich dem Menschen eine Gelegenheit, die er skrupellos ausnutzen kann, nämlich für sich selbst, einen Vorteil oder Gewinn zu erlangen. Alle Mittel sind ihm recht, das zu erreichen. Die Folgen seiner Handlungen kann er kaum abschätzen, im Moment sieht er nur ganz egoistisch seinen Vorteil.

Man kann mit Gewalt bei diesen gutmütigen Tieren sehr schnell etwas erreichen. Durch Schläge wird das Pferd gefügig und lernt eben das Verhalten, das der Mensch von ihm verlangt. Um den Schlägen zu entgehen, tut es einfach das, was der Mensch von ihm will. Scharfe Sporen setzen selbst das langsamste Tier in eine zügige Bewegung, scharfe Trensen vermögen auch den eigenwilligsten Pferdenacken zu beugen, und Stromstöße oder Schläge gegen die Beine lassen diese höher springen.

Durch sein gewalttätiges Tun gegen die Kreatur zerstört der Mensch sein eigenes Empfinden. Hier gehen ihm höhere Werte verloren, geistige Verarmung, seelische Verrohung sind die unausbleiblichen Folgen.

Aber er verliert durch solches Handeln auch seinen Freund. Die natürliche Anhänglichkeit und das Zutrauen, was den Pferden normal zu Eigen ist, gehen verloren. Der Besitzer eines Pferdes wird dies niemals kennen lernen. Ein Tierquäler lernt die schönen Seiten, die er im Umgang mit seinem Untergebenen haben könnte, niemals kennen.

Die Früchte der Gewalt wird er nur im negativen Sinne ernten. Das misshandelte Pferd verliert seine Gutmütigkeit und Menschenfreundschaft. Das Pferd hat ein gutes Gedächtnis und es vergisst nicht die ihm zugefügten Untaten. Es merkt sich auch oftmals seinen Peiniger und wird sich eventuell mit seinen Zähnen oder Hufen an ihm rächen.

Ein Machtkampf kann hier entstehen, der mit Hass und Wut sowie mit immer neuer Gewalt geführt wird.

Das Pferd, ein Freund des Menschen

Es gibt wohl kein anderes Tier, das für die Freundschaft des Menschen so empfänglich ist wie das Pferd.

Würde der Mensch die Wesensart des Pferdes besser kennen, dann würde er sicherlich manches Verhalten besser verstehen und vieles respektieren, was ihm oft nicht einsichtig ist.

Vielen Pferdebesitzern fehlen Feingefühl und Einfühlsamkeit.

Von seiner Herkunft aus ist das Pferd ein scheues Fluchttier. Seinen Urahnen blieb meist nur die Flucht, wenn Raubtiere oder unsere menschlichen Vorfahren die Wildpferde angriffen.

Dem Unbekannten gegenüber ist dieses Tier immer skeptisch und vorsichtig. Wenn ein Mensch sich die Freundschaft zum Pferd erwerben will, muss er dessen Vertrauen gewinnen. Eine sanfte und verständnisvolle Behandlung wird das Pferd immer dankbar annehmen und dafür seinem menschlichen Gefährten Treue und Dankbarkeit erweisen. Es wird ihm überall hin folgen und auch willig für ihn arbeiten.

Das Pferd ist ein sehr empfindsames und sensibles Wesen. Psychische Belastungen können es krank machen. Es sind schon Pferde vor Kummer gestorben, zumindest sehr krank geworden oder haben ihr Wesen plötzlich total verändert, wenn der Besitzer oder Arbeitsgefährte längere Zeit abwesend waren oder ganz verschwanden.

Zwei Beispiele in unserem Buch haben das sehr plastisch geschildert.

Frauen und Mädchen haben meist eine innigere Beziehung zu ihrem Pferd als das männliche Geschlecht. Das Wesen der Frau ist von Natur aus geduldiger und sanfter als das des Mannes. Das sensible Tier merkt das sofort und belohnt dieses Verhalten reichlich.

Mit freudigem Wiehern begrüßt es den Betreuer, falls dieser es anständig behandelt, wenn er in den Stall kommt.

Hält es sich auf der Weide auf, genügt ein Pfeifen oder Rufen, und es wird herbeilaufen und gern bereit sein, seinen Reiter zu einem Spaziergang auszuführen oder eine Arbeit für ihn zu verrichten.

Einfühlsamkeit und Feingefühl auch in der Pferdezucht

Beispiel: Die Araber

Unbedingt notwendig sind Einfühlsamkeit und Geduld sowie ein großes Feingefühl in der Pferdezucht.

Edle Pferde kann nur der züchten, der eng mit den Tieren verbunden ist.

Die edelste Pferderasse der Welt, die Vollblutaraber, sind von Pferdekennern und Pferdeliebhabern gezüchtet worden.

Der israelische König Salomon, auf den die Züchtung der heutigen Vollblutaraber zurückgeht, war so ein Liebhaber von Pferden. Seine Fürsorge und Friedfertigkeit legten die Grundlage für die Zucht der edelsten Rassepferde der Welt.

Die arabischen Beduinen haben diese Auffassung Salomons über die Pferdezucht übernommen und durch ihre freundschaftliche Pflege und das enge Zusammenleben mit diesen Tieren Pferde geschaffen, die durch Temperament, Kraft, Sanftmut, Anhänglichkeit und Gelehrigkeit alle anderen Rassen in den Schatten stellen.

Mit Gewalt kann auch ein Züchter nichts ausrichten.

Das Pferd, ein williges Tier, auch ohne Gewalt

Das Pferd ist bei geduldiger, sanfter Behandlung gerne zur Arbeit bereit. Es wird seinem menschlichen Freund willig und gern gehorchen. Die Ansicht, dass Pferde nur mit Gewalt wirksam erzogen und zur Arbeit herangebracht werden können, wird schon durch die Dressurerfolge einer gewaltlosen Erziehung auf der ganzen Linie widerlegt.

Ein Pferd zu schlagen, galt bei den Beduinen als großer Frevel. Ihre Pferde hatten nicht einmal Zaumzeug mit Gebissstücken, der Schenkeldruck, die Gewichtsverlagerung des Reiters und seine Stimme genügten, um diesen intelligenten Tieren zu verstehen zu geben, was man von ihnen wollte.

Schmerzhafte Kandaren, scharfe Sporen oder grausame Peitschen waren bei ihnen völlig überflüssig.

Der bekannte Schweizer Pferdedresseur Fredy Knie dressiert seine Tiere völlig gewaltlos und hat Erfolge, die Laien und Fachleute nur staunen lassen.

Flach und entspannt legen sich die Tiere z.B. auf den Boden. So etwas ist nur möglich, wenn ein Pferd absolutes Vertrauen zum Menschen hat und keine Misshandlungen kennt oder befürchtet.

Ein harter Dresseur wird niemals solche Erfolge vorweisen können. Die Pferde werden sich immer widerspenstig und unbehaglich gebärden, wenn ein solcher Rohling nur in seine Nähe kommt.

Wer grausam und roh gegen seine ihm anvertrauten Tiere ist, wird auch nicht viel anders seinen Mitmenschen gegenüber sein. Der Schaden, den er seiner Umwelt zufügt, wird ihn früher oder später einholen.

Der Mensch benötigt nicht die Intelligenz des Pferdes

Das Pferd rangiert in Bezug auf sein Verstandesvermögen natürlich hinter den Menschenaffen, Elefanten und Hunden. Der in der Relation kleine Schädel zur Körpergröße mit der langen Gesichtshälfte deuten dies schon an.

Aufgehoben wird dieser Intelligenzmangel durch die enorme Arbeitsfreudigkeit, unbedingte Treue, einen fabelhaften Ortssinn, ein phänomenales Gedächtnis und die edle Schönheit der Erscheinung.

Der Mensch ist auch nicht sehr an der Intelligenz seiner Pferde interessiert, im Gegenteil, er tut alles, um es nicht klüger zu machen. Es soll arbeiten, gut zu reiten sein und als Sportpferd alle Mitstreiter hinter sich lassen.

Wenn ein Pferd z.B. gut zugeritten ist, dann hat der Mensch doch nichts weiter getan, als dessen selbständige Handlung und Denkweise seinem Willen zu unterjochen.

Für den Menschen ist das Pferd optimal, das keinen eigenen Willen mehr hat und dem eigenes Handeln fremd geworden ist.

Seit Generationen ist es auch bei bester Wartung und Pflege zu sehr geknechtet, um einen eigenen Willen zeigen zu können. Und wo es das einmal wagt, würde das als Widersetzlichkeit betrachtet, was seine Unbrauchbarkeit beweist und oft harte Strafen nach sich zieht.

Autorität und Dominanz statt Zwang und Brutalität

Ein deutscher Reitlehrer schrieb vor einhundert Jahren: „Wir sollen Gott fürchten und lieben, und der Mensch ist für das Pferd der einzige Gott."

Viele Menschen wissen nicht, wie sie das Pferd beherrschen sollen, sie unterwerfen es mit der Peitsche oder versuchen es, mit Zuckerbrot zu bestechen. Diese menschliche Logik kann das Pferd nicht verstehen, und so reagiert es im ersten Fall panisch und im zweiten wird es oft frech.

In jedem Fall aber bleibt das Pferd im Nachteil, weil der Mensch in seiner Hilflosigkeit, Wut, Enttäuschung und Resignation entsprechend dem Tier gegenüber handelt.

Dominanz ist erforderlich, wenn ein Pferd gehorchen und Leistung zeigen soll. Ein Pferdetrainer rät, man solle sich mit sparsamen Gesten souverän über den Unwillen des Pferdes hinwegsetzen, ihm die rote Karte zeigen, ohne jedoch nachtragend zu sein.

Pferde sind in der Lage, die Führungsschwächen ihrer Herren aufzudecken. Diese müssen eine klare Vorstellung haben, was sie von ihrem Tier gerade möchten, dann werden solche präzisen Anweisungen normalerweise auch vom Pferd umgesetzt.

Unentschlossenheit oder vage Andeutungen werden oft mit Widerstand beantwortet oder einfach ignoriert.

„Wenn beim Pferd etwas nicht klappt, liegt der Fehler immer beim Menschen," sagt ein anderer Pferdeausbilder.

Man soll einem Pferd nicht aufs Maul hauen, wenn es freundlichen Kontakt sucht. Wenn der Pferdehalter dies zulässt, verliert er nichts von seiner Autorität.

Viele Reiter leben in der Furcht, das Pferd wolle sie veralbern. „Das Pferd hat aber nicht die mentale Fähigkeit jemand zu veräppeln, „ sagt Sue McDonell, Leiterin des Pferde-Verhaltensforschungsprogramms an der University of Pennsylvania.

Oft wird einem Pferd logisches Denken unterstellt, sein Verhalten wird entweder vermenschlicht oder verteufelt. Es wird zum Schmusetier oder zur Bestie, doch selten zum Pferd.

Dominanz zeigt sich in entschlossenem Auftreten, ohne das Pferd in Angst oder Panik zu versetzen.

Pferde haben ein enormes Gedächtnis, sie speichern Erfahrungen oft ein Leben lang. Gewohnheiten, die sich hieraus entwickeln, müssen gezielt abtrainiert werden.

Dominanz geht verloren, wenn man sich einschüchtern lässt. Pferde, die zubeißen, haben Angst oder Schmerzen, oder aber sie lernten Menschen zu hassen.

Mit Verstand und nicht mit Kraft sollen Autorität und Dominanz durchgesetzt werden. Niemals soll man das Tier merken lassen, um wie viel stärker es als der Mensch ist.

In bestimmten Situationen sollte man auch auf Dominanz verzichten, z.B. immer dann, wenn das Pferd in Panik gerät oder einfach nicht mehr ansprechbar ist.

Sparsame Gesten stärken die Autorität des Ausbilders. „Wenn der Stimme nicht Folge geleistet wird, sollte eine verhaltene Hilfe, etwa eine Bewegung mit der Peitsche oder eine Berührung mit der Peitschenschnur folgen. So viel wie nötig, so wenig, wie möglich," so ein Dressur-Ausbilder.

Unnütze Brutalität ist genauso unsinnig wie ein diffuses Liebesgefühl. Ebenso wie blinde Wut verhindert es klares Denken und echte Zusammenarbeit. Auf Autorität kann nicht verzichtet werden. Wenn man dem Pferd den höheren Rang überlässt, tut man dem Tier keinen Gefallen.

Wer mit Pferden umgeht, muss so wach sein, dass er die Reaktionen seines Tieres stets vorausahnt. Nur dann kann er durch festere Zügel oder ein anderes Kommando rechtzeitig eingreifen.

Wer hier der Chef sein will, muss schnell handeln und benötigt Eigeninitiative. Er muss sein Pferd verstehen.

Nach einem Artikel der Zeitschrift „Cavallo" von Ulrike Dobberthun.

Kann ein Pferd lachen?

Bisher war in unserem Ausführungen hauptsächlich vom geplagten Pferd die Rede, von gebändigten, überforderten, misshandelten und geplagten Vierbeinern. Dass sie auch, wie ihre Herren, Emotionen haben, wurde ebenfalls geschildert. Sie zittern vor Angst, schreien und stöhnen vor Schmerz, wiehern vor Freude, sind zu Tode betrübt, bösartig bei schlechter Behandlung oder auch gutmütig und fromm wie ein Lamm.

Aber dass Pferde auch lachen können, wird eher die Pferdefreunde zum Lachen bringen, denen diese Behauptung doch etwas zu weit geht.

Robert Musil, der bekannte österreichische Offizier, Ingenieur, vor allem aber berühmte Schriftsteller, behauptet jedenfalls, einmal einem lachenden Pferd begegnet zu sein.

Nach all unseren Schilderungen, die weniger zum Lachen waren, wollen wir ihn hier ausgleichend zu Wort kommen lassen:

„Also es war vor dem Krieg, es könnte ja sein, dass seither die Pferde nicht lachen. Das Pferd war an einem Schilfzaun angebunden, der einen kleinen Hof umgrenzte.

Die Sonne schien. Der Himmel war dunkelblau. Die Luft äußerst milde obwohl man Februar schrieb. Ich befand mich bei Rom, auf einem Landweg vor den Toren, an der Grenze zwischen den bescheidenen Ausläufern der Stadt und der beginnenden bäuerlichen Champagne.

Ach das Pferd war ein Champagnepferd: jung und zierlich, von dem wohlgeformten Schlag, der nichts ponyartiges hat, auf dem ein großer Reiter aber aussieht, wie ein Erwachsener auf einem Puppenstühlchen.

Es wurde von einem lustigen Burschen gestriegelt, die Sonne schien ihm aufs Fell, und in den Achseln war es kitzlig. Nun hat ein Pferd sozusagen vier Achseln und ist darum vielleicht doppelt so kitzlig wie der Mensch. Außerdem schien aber dieses Pferd auch noch eine besonders empfindliche Stelle an der Innenseite der Schenkel zu haben, und jedes Mal, wenn es dort berührt wurde, konnte es sich vor Lachen nicht halten.

Schon wenn sich der Striegel von weitem näherte, legte es die Ohren zurück, wurde unruhig, wollte mit dem Maul hinfahren und entblößte, wenn es das nicht konnte, die Zähne.

Der Striegel aber marschierte lustig weiter, Strich vor Strich, und die Lippen gaben nun immer mehr das Gebiss frei, indes sich die Ohren immer weiter zurücklegten und das Pferd von einem Bein auf das andere trat. Und plötzlich begann es zu lachen. Es fletschte die Zähne. Es suchte mit der Schnauze den Burschen, der es kitzelte, so heftig es konnte, wegzustoßen; in der gleichen Weise, wie das eine Bauernmagd mit der Hand tut, und ohne dass es nach ihm gebissen hätte. Es trachtete auch, sich zu drehen und ihn mit dem ganzen Körper fortzudrängen. Aber der Knecht blieb im Vorteil. Und wenn es mit dem Striegel in der Nähe der Achsel anlangte, hielt dass das Pferd nicht mehr aus, es wand sich auf den Beinen, schauderte am ganzen Leib und zog das Fleisch von den Zähnen zurück, so weit es nur konnte. Es benahm sich dann sekundenlang genau wie ein Mensch, den man dermaßen kitzelt, dass er nicht mehr lachen kann.

(aus „Ein Königreich für ein Pferd" von Sabine Hupertz Hrsg., Berlin 1998, gekürzt)

Esel

Zu den nächsten Verwandten des Pferdes, den Equiden, gehört der Esel. Eine heute noch in der gesamten Welt verbreitete Tierart, die die Bezeichnung „Arbeitstier" im wahrsten Sinne des Wortes verdient.

Wenn wir in die beliebten Urlaubsländer Europas, Afrikas und Asiens oder auch nach Südamerika reisen, begegnen wir dem Tier, das den zweirädrigen Karren zieht, das oft unmöglich hoch bepackt, seine schweren Lasten trägt, dahinter häufig den Reiter sitzend, der das kleine Tier permanent mit dem dicken Knüppel antreibt.

Der Esel und sein Platz in der Geschichte der Religionen
Auf den ältesten Höhlenzeichnungen der Menschen ist bereits der Esel zu sehen, noch vor dem Pferd und dem Rind.

In den Märchen und Mythen der Menschheit ist der fälschlicherweise als dumm verschriene Esel das Symbol für Lebensklugheit.

Religionen, wie das Judentum und das Christentum zeigen dieses Tier als Symbol. Im Alten und Neuen Testament wird er insgesamt 130 mal erwähnt.

In unzähligen Fabeln und Legenden hat er seinen Platz, als dummer, als fauler und störrischer, als dickfelliger und bockiger, andererseits auch als guter und gescheiter Esel.

Die Domestikation des Esels begann im 7./6. Jahrtausend v. Chr. im westlichen Nordafrika. Von dort wanderte der Hausesel dann nach Ägypten. Dort ist er bereits im 4. Jahrtausend v. Chr. nachweisbar.

Der Vorfahre des gezähmten Esels ist der Steppenesel, ein großes, schlankes und gut gebautes Tier.

Der Esel von jeher ein geplagtes Wesen

Kaum einem anderen Tier wurde im Laufe der Menschheitsgeschichte so viel Leid, Schmerz, Qual und Entbehrung aufgebürdet als diesem oft verachteten und geplagten Wesen.

Nicht die Stammesgeschichte, Züchtung der verschiedenen Eselsrassen, Aufzucht und Haltung sind unser Thema, sondern genau wie bei seinem Vetter Pferd der oft schlechte Umgang mit diesem liebenswerten Geschöpf, was in einigen Beispielen aufgezeigt werden soll.

Alfred Brehm, der große Zoologe und Herausgeber der 6 Bände „Brehms Tierleben", beschäftigte sich in seinem Werk auch eingehend mit dem geplagten Esel.

– „Eine gute Behandlung wird nur den wertvollen Eseln zuteil, die übrigen führen ein sehr trauriges Leben.

Der Spanier z.B. putzt seinen Esel mit allerlei Quasten und Rosetten, bunten Halsbändern, hübschen Satteldecken und dergleichen, behauptet auch, dass sein Grautier ganz stolz sei und sich ergötze an der Aufmerksamkeit seines Herrn, doch er behandelt seinen armen, vierbeinigen Diener überaus schlecht, lässt ihn hungern, schwer arbeiten und prügelt ihn dennoch auf das unbarmherzigste. Nicht anders ergeht es dem beklagenswerten Geschöpf in den meisten Ländern Südamerikas.

Besonders in Peru ist der Esel das geplagteste Wesen der Welt und das allgemeine Lasttier. Es muss Steine und Holz zu den Hausbauten, Wasser zu den Haushaltungen und sonstige Lasten, kurz alles schleppen, was man nötig hat und infolge der Faulheit des Menschen nicht gern selber trägt.

Darum setzt sich der gewichtige Zambo oder Mischling noch dazu hinten auf und schlägt ohne Erbarmen auf das arme Tier los. Zwei Reiter auf einem Esel sind ebenfalls gar keine Seltenheit.

Es gibt in Lima ein Sprichwort, das diese Stadt für den Himmel der Frauen und die Hölle des Esels erklärt. Niemals sieht man den Esel hier im langsamen Schritt, sondern stets im Laufe sich bewegen. Nirgends hört man so oft wie hier das kläglich „Ia" und dazwischen das Fluchen der Antreiber und das Klatschen der Peitsche." –

Im Eselland Spanien ist der Esel ein aussterbendes Tier

Im früheren Eselland Spanien, wo alle an die Esel gewohnt waren, wird dieses Tier immer seltener.

Ein spanischer Pfarrer erzählt ganz wehmütig: „Noch vor ein paar Jahren trugen sie die Milchkannen durch die Straßen. Man sah sie bei der Arbeit in der Müllabfuhr, und auf dem Dorffest schleppten sie die Sandsäcke im Wettbewerb um das stärkste Tier.

Nun ist der Esel gestorben im klassischen Eselland Spanien. Auf der schweißgetränkten Erde hat Gott ihn jetzt aus seinem elenden Dasein erlöst. Er war so geduldig und fleißig."

Nun versucht man das Grautier dort zu retten und schafft Refugien für den grauen Gesellen. Von den über eine Million geduldigen

Langohren, die es noch vor 50 Jahren gab, sind heute noch etwas 90.000 vorhanden. Der Mensch hat seinen getreuen Knecht aus dem Joch entlassen. Die technisierte Landwirtschaft hat keine Verwendung mehr für das Tier.

In Deutschland verschwanden die Hausesel seit Beginn der 20er-Jahre des vorigen Jahrhunderts nach und nach vollständig. Sie werden heute als Hobby- oder Freizeittiere in kleinem Umfang gehalten.

Anklage

– „Was muss der Esel nicht alles auf sich nehmen? Immer mit geradem Rücken. Die Vornehmen trug er in Sänften das Niltal rauf und runter. Hunderte von Kilometern, bevor er als Grabbeigabe mit ins Jenseits musste.

Am Zugbalken der Wasserschöpfwerke angespannt immer im Kreis bis zum Gehtnichtmehr. Im Laufrad zog er Lastenfahrstühle hoch, trat die Ähren leer, schleppte Getreide in die Mühle, das Mehl zurück. Das alles für das kümmerliche Futter mit wundgescheuertem Rücken, unbarmherzig geschlagen, getreten, sogar ins Ohr gebissen, angeschrien und undankbar verachtet." –

Rache eines Esels

– „Schon viele Stunden war der Esel in der Gluthitze vor dem Göpel gegangen, seine Schritte wurden langsamer. Der Knabe aus dem Sükriyastamm setzte sich auf den Querbalken, an dem das Grautier angespannt war und schlug nun unablässig mit seinem dicken Knüppel auf die Kruppe und die Hinterschenkel das total erschöpften Tieres, das nun, vom Schmerz gepeinigt, die letzten Kräfte mobilisierte und im Trab seine Runden drehte. Als der Junge das Tier am späten Abend ausgespannt hatte, nahm der Esel plötzlich Rache für die schlimmen Peinigungen. Ohne jeden Laut und ohne eine Spur von Erregung drehte er sein Hinterteil dem Knaben zu, schlug aus und traf diesen sehr empfindlich, so dass er zu Boden stürzte und sich dann fluchend und schlagend wieder auf das Grautier stürzte." –

Ein erbärmliches Dasein

– „Unermüdliche waren die Esel mit ihren riesigen Hasenohren; sie liefen nur mit einem einfachen Gurt und ohne Hufeisen und Zaumzeug. Schwer beladen, aber immer willig und ohne grosse Ansprüche, für ein karges Futter und viel Schläge, die sie gleichmütig hinnahmen, als gehöre das zu ihrem erbärmlichen Leben.

Säcke und Fässer wurden auf ihren Rücken verstaut, und wenn noch Platz war, setzte sich ihr Herr auch noch dazu, stets den dicken Knüppel schwingend und das arme Tier unentwegt verfluchend." –

In einer Fernsehzeitung stand vor einiger Zeit ein Artikel über eine alte Eselin, die auf der Insel Mallorca einem deutschen Touristen das Leben rettete. Der dankbare Mann kaufte seine Lebensretterin und nahm sie mit auf seine grünen bayerischen Wiesen. Ein Beispiel von großer Dankbarkeit gegenüber einer verachteten Kreatur.

Eine Eselin als Lebensretterin

– „Wenn mittags die Luft vor Hitze flirrte, flohen die Menschen in den Schatten. Für die alte Eselin begann da erst die schlimmste Zeit des Tages. Mit zentnerschweren Steinen für die Feldmauern auf dem Rücken musste sie sich aus dem Steinbruch ins Dorf schleppen.

Da hatte sie schon seit dem frühen Morgen das Gepäck der wandernden Touristen in die Berge getragen, und bis spät in die Nacht stand ihr der endlose Kreisgang bevor, wenn sie den Stein der Olivenölmühle bewegen musste. Dann kam der Abend, an dem ihr Besitzer Jordi sich zum erstenmal Sorgen um sie machte: Er hatte sie angepflockt und das Gatter verschlossen, doch jetzt war sie verschwunden. Jordi ergriff eine Taschenlampe und suchte im Dunkel der Nacht nach ihr.

Als er sie endlich fand, stand sie auf einem schmalen Pfad über einer Schlucht. Jordi bezwang die letzten steilen Meter. „Venga, loca" keuchte er." Komm, du Verrückte!" Doch die Eselin blieb stehen, selbst als er sie entnervt mit der Kette schlug.

„Hilfe!" rief da eine verzerrte Stimme kaum vernehmbar. Jordi leuchtet die Klippen hinab. Zehn Meter tiefer lag ein verletzter Mann. „Ich hole Hilfe!" rief Jordi und hetzte zurück ins Dorf.

Nach einer Stunde war alles vorbei, der Mann war gerettet. Sein gebrochenes Bein wurde in Palma versorgt, dann verließ der Deutsche die Insel. Wenige Tage später kamen Männer in Anzügen ins Dorf: „Unser Chef möchte die Eselin haben!" Doch Jordi wollte sie nicht hergeben – er lebte ja von ihrer Arbeit. Aber für etliche Tausend Mark kann er jetzt viele Esel kaufen. Für den Flug musste der Tierarzt der Eselin eine Beruhigungsspritze geben, aber sie überstand ihn gut. Jetzt steht sie auf den grünen Weiden eines Gestüts unter Bayerns weißblauem Himmel, zwischen den edlen Vollblütern, die dem Mann gehören, dem sie das Leben rettete.

Der reiche Mann hat seiner Lebensretterin jetzt einen Namen gegeben. Er geht jeden Morgen als erstes zu ihr, nimmt ihren strubbeligen Kopf zärtlich in die Arme und sagt leise: „Danke, Violetta!" –

Maultiere

Deckt ein Eselhengst eine Pferdestute, entsteht ein Maultier, deckt ein Pferdehengst eine Eselstute, entsteht ein Maulesel.

Männliche Maultiere und Maulesel sind unfruchtbar. Als Arbeitstiere waren und sind auch noch heute Maultiere in Italien, Frankreich, Spanien, Amerika und Südafrika sehr geschätzt. Nicht nur in der Landwirtschaft, sondern auch als Lastenträger für militärische Zwecke.

Ihre großen Vorteile liegen in der langen Dienstfähigkeit ebenso wie in ihrer Genügsamkeit und Ausdauer, in ihrer hohen Widerstandsfähigkeit gegenüber Krankheiten und ihrer ausgeprägten Fähigkeit, Lasten zu tragen. Besonders in Ländern mit hohen Gebirgszügen waren sie als „Saumtiere" unentbehrlich. Ein Maultier trägt eine Last von bis zu drei Zentnern und kann eine weite Strecke damit zurücklegen. Bis heute hat dieses Lebewesen in Friedens- und in Kriegszeiten dem im Gebirge lebenden Menschen seine Dienste getan. Mulis sind bis in das Atomzeitalter hinein ein unentbehrlicher Bestandteil der Gebirgsgruppen geblieben.

Maulesel spielen im Gegensatz zu den Maultieren keine besondere Rolle. Alle diese Tiere: Pferde, Esel, Maultiere und Maulesel, die alle zur Gattung Pferd gehören, haben viele Jahrtausende als unentbehrliche Reit- und Arbeitstiere den Menschen gedient und dabei viel Leid, Schmerz, Qual und Entbehrungen erleiden müssen.

Zum Abschluss auch hier einige Passagen aus verschiedenen literarischen Werken, wahllos herausgegriffen, die den Esel oder das Maultier betreffen:

Ohne Gnade, ohne Pause

– „In ihm kochte es, er saß auf seinem Maultier, und er war im Stande, dieses geschlechtslose Wesen in die Hölle zu hetzten. Dem Tier fiel das Laufen immer schwerer, sie hatten fast fünfzig Kilometer zurückgelegt, es drohte, zusammenzubrechen, doch er trieb es unerbittlich und grausam an, bis es einfach nicht mehr konnte, stehen blieb, um zu verschnaufen. Nun geriet Rendon in Wut, schlug es hinten und vorne, doch das Tier nahm die Schläge auf sich und rührte sich nicht vom Fleck. Da stieg Rendon ab, schlug es noch einmal auf die weiche Schnauze und setzte sich ins Gras." –

Rache für einen Abwurf

– „Als der Knall einer Explosion ertönte, machte das Maultier einen Satz und fiel mit dem Körper zu Boden.

Da nahm Pedraza einen Holzscheit und schlug erbarmungslos auf das Maultier ein. Noch während des ganzen nachfolgenden Rittes nahm er grausam Rache für diesen Abwurf. Stundenlang musste das Tier laufen, wenn es in Schritt fallen wollte, schlug er sofort wieder auf alle Körperteile und stieß ihm die riesigen Sporen in die Weichen." –

Tödliche Vergeltung

– „Der Maultiertreiber drosch wie wild auf sein Reittier ein, als das gequälte Muli plötzlich stockstill stand und sich mit einer einzigen Bewegung auf die Seite warf; der Treiber wurde zehn Meter in eine Schlucht geschleudert und brach sich das Genick.

Das Maultier war wieder aufgestanden und schaute befriedigt in die Schlucht, ein Anblick, der in José einen gesunden Respekt vor Maultieren hinterließ. Das gepeinigte Tier hatte sich an seinem Quäler gerächt." –

Streik

– „Ein kräftiger Peitschenhieb traf das überreizte und übermüdete Maultier. Es war nicht der erste Schlag gewesen auf dem langen Ritt.

Immer wieder war es zu höchster Eile angetrieben worden, hatte getan, was es konnte, bis es einfach fertig war. Und als es jetzt wieder diesen wuchtigen Schlag bekam, blieb es einfach stehen und war auch durch weitere Schläge nicht mehr von der Stelle zu bekommen. Für den angetrunkenen Mulatten war das Streik, frechster Ungehorsam, bodenlose Faulheit, deshalb schlug er wie toll auf das arme Tier ein, wobei auch Kopf und Nüstern nicht verschont blieben. Doch das Maultier blieb stehen." –

Der ungeliebte Mensch

– „Maultiere gehen die unglaublichsten Bindungen ein. Sie schenken ihre Zuneigung irgend jemanden, sogar einem, der tief unter ihnen steht. Nur nicht dem Menschen, der sie schindet und quält.

Ihre Liebe ist oft so unverrückbar fest, wie die Berge, die sie so oft ersteigen. Es hat schon Maultiere gegeben, die ihr Herz an Fohlen und Hunde gehängt hatten, sogar an Bisonkälber, einmal sogar an eine Ente.

Dem Menschen sind sie nur untertan und dienstbar mit der Geduld eines Esels und der Kraft eines Pferdes, ihrer Eltern." –

Beim Dreschen

– „Ein halbes Dutzend bis auf die Knochen abgemagerte Maulesel hielt der Berber am Zügel und jagte sie an diesem heißem Sommertag über den riesigen Strohhaufen, aus dem sie die Körner heraustrampeln sollten. Rechts und links von ihnen liefen noch zwei Treiber hinter den Tieren her, die unaufhörlich mit ihren langen Stöcken auf sie einschlugen. Dabei schrien sie die geschlechtslosen und unterernährten Maulesel an, die der Brutalität dieser Menschen nicht entkommen konnten. Hitze, Durst, Hunger, Schläge, Undankbarkeit und Verachtung, alles ertrugen sie mit viel Geduld. Widerstand war ihnen fremd, und ihre Peiniger kannten keine Gnade." –

Maultier und Krokodil

– „Das Maultier wurde immer dicker, sicher eine Wirkung des freien Lebens. Es war nicht mehr das sterbende Geschöpf von vor 21 Tagen. Das Tier war lebenslustiger, stets bereit, mit seinem Schwanz die Flanken kräftig zu peitschen.

Ich hatte ihm die Kette abgenommen, jetzt hielt es sogar den Kopf hoch, das Fell begann glänzend zu werden, und die Haut straffte sich.

Es war ein eigenartiges Tier, und ich glaubte, es betrachtete mich als Eindringling. Wenn Johannes zum Fluss ging, lief das Maultier hinterher.

Bei der Arbeit schaute es ihm zu, wenn aber die Wissbegier zu aufdringlich wurde, verjagte er es mit einem wohlgezielten Schlag auf den Rücken. Und doch hatten sie einander gerne.

Einmal trieb das Muli sein Misstrauen gegen mich so weit, dass es ein Stück Brot verschmähte, das ich ihm hinhielt, um sich gleich darauf von Johannes eins überziehen zu lassen. Wenn ich es schlug, konnte ich seiner Rache zum Opfer fallen.

Ich war überrascht, als eines Tages das Tier bei mir blieb, seinen Kopf an meiner Schulter scheuerte und sich dann neben meiner Hütte niederließ. Ich gab ihm einen Wink aufzustehen, legte ihm eine Decke über und improvisierte Zaumzeug mit einer Kette und einem Strick. Das Tier ließ mich gewähren und trug mich geduldig davon. Es fiel in einen zügigen Schritt und blieb nur selten stehen.

Als wir an einen Fluss kamen, wollte es nicht ins Wasser. Eine zitternde Unruhe überkam das Tier. Es schlug aus, stemmte sich, ich trieb es noch einmal an, da machte es plötzlich einen Satz nach rückwärts. Ein Krokodil lag am Ufer. Das Muli bewegte seinen Schwanz, in den sich seine ganze panikartige Angst geflüchtet zu haben schien, nur die Oberlippe bebte leicht. Es starrte auf das unbekannte Tier, von nahezu menschlicher Angst aufgewühlt, und es würde sich nicht bewegen, ehe es nicht begriff, um was es hier ging. Es stand still und seine Flanken bebten." –

Nachwort

Vom schweren Kaltblut, das so schnell nichts aus der Ruhe bringen kann, bis zum hochsensiblen, feingliedrigen Rennpferd liegt eine große Palette von Pferderassen und Verwendungsmöglichkeiten für die verschiedenen Typen, die der Mensch aus dem ehemaligen Steppentier und für dieses geschaffen hat, früher mehr zu seinem Nutzen, heute mehr zu seinem Vergnügen und Zeitvertrieb.

Dabei, so hoffe ich, ist er meist ordentlich und pferdegerecht zu Werke gegangen. Vielleicht weil er ein Tierfreund war oder aber auch deshalb, weil es sich um ein existenznotwendiges und teures Objekt handelte.

Problemlos umgehen kann man mit diesen Tieren auch nur, wenn sie ihren Herrn als dominant betrachten, aber diese Dominanz erreicht man auf keinen Fall durch körperliche Züchtigung.

Gelassenheit, Natürlichkeit und Freundschaft sind im Umgang mit Pferden das Optimale.

Dieses Tier will und braucht Bewegung, arbeitet auch willig und gern, wenn es hierbei gut behandelt und nicht überfordert wird.

Schindereien und Plackereien gehören, zumindest in den Industrieländern, der Vergangenheit an. Andere Energien als die Muskelkraft der Vierbeiner haben diese Arbeitstiere verdrängt. Aus den Arbeitern wurden „Freizeit- und Sportgeräte", die von ihren Haltern in der Regel gut gepflegt werden. Natürlich gibt es auch hier Ausnahmen.

Rolf Hochhuth schreibt in einem Gedicht, dass es gut sei, dass die Arbeitspferde ausgestorben seien, denn sie hätten ein erbärmliches Leben gefristet. Natürlich gab es früher keine Tierschutzgesetze, auch Gnadenbrot und Gnadenhöfe waren unbekannt; besonders alt und gebrechlich gewordene Pferde hatten vor ihrem Ende oft noch ein geplagtes und hartes Leben. Viele bekamen in den letzten Tagen vor ihrem Tod nicht einmal mehr Futter, und rohe Knechte versuchten durch viele Schläge die nachlassenden Kräfte auszugleichen und zu mobilisieren.

Heute sind geplagte Pferde nur noch Einzelfälle.

Treidel-, Göpel-, Gruben-, Post- und Schlachtpferde in den Kriegen gehören ebenso der Vergangenheit an wie schwer arbeitende Gäule in der Landwirtschaft und im Personen- und Güterverkehrswesen.

Strapazen für Pferde gibt es immer noch beispielsweise in den Stierarenen, auf Rodeoplätzen und bei den mörderischen Hindernisrennen, z.B. Grand National in England.

Pferde sind zwar in der Regel ängstlich, feinfühlig und sensibel, andererseits aber auch robust, kräftig und unempfindlicher bei stärkerer Beanspruchung als wir oft meinen.

Geblieben sind leider auch die grausamen, oft tagelangen Todestransporte, z.B. aus dem Baltikum und Polen in die Schlachthöfe Süditaliens, wo die Tiere nach den schlimmen Transportstrapazen mangels moderner Betäubungsverfahren einfach mit einem Hammer erschlagen werden. Der Lohn für lange Dienstbarkeit gegenüber dem Menschen.

Diese und andere Missstände, die wir in diesem Buch aufgezeigt haben, sollen alle, die mit Pferden umzugehen pflegen, daran erinnern, dass das Pferd ein Freund des Menschen ist und sein will.

Auch wenn wir dies manchmal ganz anders sehen.

Peitsche, Sporen und Kandare gehören nun einmal zum Pferd, genau wie Geschirr, Zügel und Sattel. Jedoch auf den richtigen Umgang mit diesen Mitteln kommt es an.

Pferdefreundlichkeit ist z.B. auch eine in den USA von einem früheren Cowboy entwickelte Zäumung. Wie Veterinärmediziner betonen, beeinflusst die herkömmliche Trense mit ihrem metallenen Mundstück nicht nur erheblich die Atmung des Pferdes, sondern auch Speichelfluss und andere Fressreflexe. Bei der neuen amerikanischen Zäumung laufen die Zügel von zwei seitlich neben dem Pferdemaul angebrachten Ringen, die den Nasenriemen halten, durch einen dritten Ring unterhalb des Kiefers, der wiederum mit dem Genickstück verbunden ist. So kann der Reiter auf Nase,

Genick und Unterkiefer des Pferdes behutsam, aber dennoch deutlich einwirken.

Brutal und roh oder maßvoll und mit Gefühl. Pferdefreundlicher Umgang, dann bekommt das Pferd auch Vertrauen zum und Respekt vor dem Menschen.

Literatur

Basche, Armin
Geschichte des Pferdes.
Künzelsau

De Lera, Angel Maria
„Fanfaren der Angst. Hamburg,
1960

Delort, Robert
Der Elefant, die Biene
und der heilige Wolf.
Die wahre Geschichte der
Tiere.
München, 1987

Dent, Anthony
Das Pferd.
Fünftausend Jahre
seiner Geschichte.
Berlin, 1975

Flade, Johannes Erich
Der Hausesel. Wittenberg, ´
1990

Grzimek, Bernhard
Und immer wieder Pferde.
Fischer Taschenbuch, 1979

Gundelach, Klaus Hrsg.
Kamerad Pferd.
Ein Buch von Ross und Reiter.
Berlin, 1951

Hartley Edwards, Elwyn
Pferde.
Zürich, 1988

Helke, Fritz
Das kalifonrische Abenteuer.
Stuttgart, 1954

Hemingway, Ernest
Tod am Nachmittag.
Reinbek, 1967

Isenbart, Hans-Heinrich
Das Königreich des Pferdes.
Luzern, 1985

Kapitzke, Gerhard
Frankreich für Pferdefreunde.
Köln, 1981

Knittel, John
Via Mala.
Bertelsmann Lesering

Kreutz, Ludwig
Goliath,
Kamerad Pferd im Kriege.
Wiesbaden, 1957

Maderholz, Erwin
Hoch auf dem gelben Wagen.
Pfaffenhofen, 1983

Mys, Errol
Brasil.
Düsseldorf, 1987

Piekalkiewicz, Janusz
Pferd und Reiter im Zweiten
Weltkrieg.
München, 1976

Richter, Klaus Christian
Die Geschichte der deutschen
Kavallerie 1919 – 1945.
Augsburg, 1994

Roberts, Monty
Der mit den Pferden spricht.
Bergisch-Gladbach, 1996

Röcken, Hermann
Das Arbeitstier.
Percha, 1989

Saltykow-Schtschedrin,
Michail Wackergaul.
München, 1979

Schäfer, Michael
Die Sprache des Pferdes.
München, 1981

Scholochow, Michael
Der stille Don.
Bertelsmann Lesering

't Hart, Maarten
Die Netzflickerin
München, 2000

Tolstoi, Leo
Der Leinwandmesser.
Bertelsmann Lesering

Winkler, Josef
Der tolle Bomberg.
Stuttgart, 1954

Wunderer, Eduard
Welt auf vier Beinen,
Heidenheim, 1973